KB264102

쌉쌀한 사랑에 달콤한 해독제를

쏠쏠한 사랑에
달콤한 해독제를
박하령 소설
씨드북

♥차례♥

사랑에 임하는 나의 자세 ···7

시작을 위한 전주곡 ···17

스카이 콩콩을 타는 기분 ···29

'그럴 때'가 되었다고 봐 ···40

둘이 된다는 건 말이야 ···51

삶의 변수를 다루는 법 ···61

세상의 모든 것은 뒷모습이 있다 ···72

부디… 쫄지 말기를! ···84

우리가 전쟁을 해야 하는 이유 ···98

빙하기를 지나 봄으로 ···113

복병은 도처에 있다 ···124

대체 누가 종을 치는 거야? ···138

사랑, 그 몹쓸 짓에 한 방! ···150

사랑을 제대로 쓰는 법 ···164

작가의 말 ···174

일러두기

· 이 책은 2018년 살림Friends에서 출간된 『1인분의 사랑』의 개정판입니다.

· 이 책에는 한글 맞춤법에 맞지 않는 표현과 비속어가 포함되어 있습니다.

사랑에 임하는 나의 자세

맞아! 추측한 그대로야. 지금부터 내 사랑 이야기를 해 볼게. 그렇다고 로맨틱하거나 드라마틱한 연애 스토리를 먼저 떠올리진 마. 알다시피 사랑이란 것도 삶 속에서 벌어지는 일이라 다 거기서 거기일 수 있으니까. 어쩌면 너희가 아는, 진부하고 뻔한 하루를 보내는 흔한 여고생의 이야기일지도 몰라.

우리 모두 다 아직은 뭐가 뭔지 모르는 채, 아침에 눈 뜨면 와 있는 하루를 숙제하듯이 살아 내고 있잖아. 마치 복잡한 미로 앞에 선 것처럼. 어디로 가야 할지 몰라 막막하고 혼란스러운 상태. 나도 그래! 그래서 내 이야기를 털어놓으면서 가야 할 방향을 찾으려고 하는 걸지도 몰라. 친구한테 고민을 상담하다 스스로 정리가 될 때가 있지? 그런 거랑 비슷해. 이미 사랑을 하고 있거나 아니면 언젠가 사랑과 마주치게 될 사람들은 내 이야기를 들으면서 힌트를 얻겠지. '오호!' 하면서. 그렇게 다들 각자의 '사랑 레시피'를 만들어 낼 거야.

내 이름은 박해랑이야. 녹음이 짙어지기 시작하는 채색의 계절, 오월에 태어나 열일곱 번째 생일을 맞았어. 그리고 또… 아니! 나에 대해선 차차 이야기하기로 하고. 먼저 내 목 끝까지 차오른 이야기를 먼저 할게. 내가 사랑에 물들게 된 이야기를 말이야.

아주 오래전, 마치 허물 벗듯이 '어린이'란 이름을 자의적으로 털어 낼 즈음이랄까? 내 경우엔 초등학교 고학년 때쯤이었던 것 같아. 그땐 영화나 드라마 속 사랑 이야기를 보면서 이유 없이 설렜어. 막연한 떨림에 머리끝이 주뼛 서기도 했고, 심장이 젤리처럼 쫄깃해지는 기분도 들었지. 언젠가 내 앞에 마주 설 그럴듯한 누군가를 상상 속에서 떠올리면서 나에게만 유리한 러브 스토리를 지어내고 혼자 좋아하기도 했었거든.

하지만 서서히 사춘기를 관통하면서 알게 되었어. 사랑이란 게 원한다고 오는 게 아니란 걸 말이야. 택배 상자처럼 어느 날 문 앞에 떨어져 있을 것도 아니고. 그렇다고 '자, 이번 방학 과제는 연애하기입니다'라며 내 주는 숙제도 아니잖아. 나라에서 정책적으로 권유하는 필수 교과목도 아니고. 오히려 학생들에게 연애는 '필수템'이기보다는 '금지템'에 더 가까운 터라. 애써 찾지 않으면 만날 수 없다는 걸 깨달았지.

물론 더러 운명처럼 퐁당 하고 사랑에 빠지는 아이들도 있다고들 하지만 난 그럴 일이 없었어. 누군가를 좋아하게 되면 자꾸만 저절로 눈이 간다던데 난 그런 애가 하나도 없더라? 물론 나한테 '사귀자'란 메시지를 보내는 애도 없었고.

그렇다고 가방에 같은 인형을 달고 다니거나 SNS에 'D-며칠' 하는 식으로 숫자를 내걸면서 같이 찍은 사진으로 도배를 하고, 또 유치한 이벤트를 교내에서 공공연하게 하는 애들을 부러워한 적은 없었어. 그랬다면 아마 나도 주변을 두리번거리며 불특정 다수에게 의도된 친절을 베푼다거나 그랬을지도 몰라. 그런데 그러고 싶지 않았어. 행운도 문 앞에 서성이고 있다가 문을 안 열어 주면 그대로 돌아간다는 이야기가 있듯 세상 모든 일은 다 의지를 갖고 몸소 찾아야 한다지만, 왠지 사랑만큼은 자연스럽게 배어들거나 운명처럼 마주치게 되길 막연히 기대했었어.

그러던 중 우윤민이란 애를 발견한 거야. 아니, 정확하게 말하면 걔가 그린 만화를 본 거지. 누군가 학원에 흘리고 간 옆 학교 교지를 넘기다 우연히 서너 컷 정도 되는 만화를 봤어. 딱히 그럴싸한 내용은 없었고 몽환적인 눈빛을 가진 소년이 벽에 문을 그린 후 그 문을 열고 나가 소녀를 만나는 게 전부야.

그런데 이상하게 그 그림을 보는데 내 머릿속 영상이 저절로 재생되는 거야. 한번 상상해 봐! 영화 <나니아 연대기>에서 옷장 문을 열고 새로운 세계로 들어가듯이, 소년은 손끝으로 벽에 천천히 문을 그린 뒤 조심스럽게 그 문을 열어. 그러자 눈부신 빛이 쏟아지고, 그 앞에 서 있던 소녀가 살며시 고개를 들지. 그렇게 둘은 서로를 황홀한 듯 바라보다 손을 마주 잡아. 두 손을 꼭. 어때? 그게 끝이야. 대사도 없었어. 다만 그 밑에 투박한 글씨체로 이렇게 쓰여 있었어.

문을 열고 들어가… 너를 만나고 싶어.

그게 뭐냐고? 맞아! 그게 바로 포인트야. 남들에겐 아무것도 아니지만 나한테는 다르게 느껴졌다는 거. 그게 바로 사랑의 시작을 알리는 사이렌 아닐까? 이상하게 그 그림을 보는데 내 마음에 '쩌어억' 하고 균열이 가는 소리가 들렸거든.

난 감전된 듯이 그림을 한참 봤어. 마치 나를 향한 모스 부호같이 느껴졌거든. 보면 볼수록 묘하게 위로가 되더라. 특히 벽 앞에 선 소년의 막막해하는 표정이 어찌나 절절하게 내 맘에 와닿

    씁쓸한 사랑에 달콤한 해독제를

던지…. 누구에게도 말 못 하고 혼자 하품하듯 독백하는 소년이 나와 닮은꼴처럼 보였어. '아! 얘도 누군가에게 자기 자신을 내려놓고 싶은 거야' 이런 확신이 내 가슴에 비수처럼 꽂혔지.

그래서였을까? 그림 옆 사진 속 우윤민에게도 호감이 훅 치밀더라. 어느 고등학교에나 한 명쯤은 꼭 있을 법한 평범한 얼굴이었어. 하지만 왠지 그 애는 뭔가 다를 거란 기대감, 꾸미지 않은 나를 보여도 잘 통할 것 같단 확신 그리고 왠지 모를 익숙함에 설렜는데 세상에! 그 설렘이 어찌나 명료하던지… 내 오장육부의 구석구석을 간지럽히는 거야. 나 참! 대책 없더라. 그래서 난 나 자신에게 선포하듯 독백했어.

"이건 그냥 지나가는 시시한 느낌이 아니야!"

지나가는 게 아니라 나에게 이제 막 도착한 거지. 난 몰래 그 애 사진과 그림을 사진으로 찍었어. 맹세코 이런 짓은 머리털 나고 처음이야. 집에 오자마자 교복을 입은 채로 바로 인터넷을 뒤졌지. 그림 한구석에 적힌 'blue dawn'이 왠지 그 애가 쓰는 아이디일 것만 같았거든. '파아란 새벽'. 멋지지 않아?

역시! 내 예감이 맞았어. 그 애 블로그를 찾은 거야. 팔로워도 없고, 마치 빈방에 자기 그림을 걸어 놓듯 사용하는 공간 같더라고. 하굣길의 학교 풍경을 그린 것도 있고 자화상처럼 보이

는 소년의 얼굴도 있고 목이 긴 양말을 신은 소년이 바닥에 쭈
그리고 앉아 있는 그림, 게임 캐릭터를 모사한 것 등등 그림이
다 좋았어.

그중에서도 제일 끌린 건 꽃밭 그림이었어. 이름 모를 꽃들이
가득 핀 꽃밭. 그 그림만 유일하게 '너라는 세상이 온 뒤'라는 제
목이 있더라. 너라는 세상이 와서 꽃이 온통 흐드러지게 피었다
니…. 우아, 근사하지 않아? 소름이 돋더라니까?

암튼 그림이 좋아서 마음이 끌리는 건지 아니면 마음이 끌려
서 그림이 좋아 보이는 건지 뭐가 뭔지는 잘 모르지만, '좋다'는
마음 하나로 결론이 모이는 건 막을 수 없더라. 팔로워가 없다는
것도 맘에 들고, '파아란 새벽'이라는 뜻의 아이디도. 그림 속 하
굣길 아이들을 점으로 처리한 것도, 소년이 신은 까만색 긴 양말
도, 서늘해 보이는 소년의 눈매도 다, 다, 다 깡그리 다 맘에 들었
어. 나 미쳤나 봐!

내 인생의 중요한 몇몇 대목은 마치 인화된 사진이나 동영상
처럼 선명한 장면으로 기억 속에 남아 있거든? 초등학교 입학식
날 입었던 노란 스웨터, 어릴 때 키웠던 강아지 초롱이가 죽은
날 화단 옆에 쪼그려 앉아 울면서 봤던 꽃잎의 흔들림, 중학교
교복을 처음 입을 때 단추를 끼우면서 느꼈던 서늘한 질감, 성적

이 수직 상승했을 때 가슴 저 안쪽부터 묵직하게 느껴지던 뿌듯함의 무게, 엄마 아빠가 이혼한다는 얘기를 들었을 때 창밖으로 번지던 검붉은 노을… 절대 잊히지 않고 내 기억 속에 각인된 모습들이야.

난 윤민이의 그림도 그럴 거란 예감이 들었어. 그렇잖아. 내 마음의 문을 열고 들어왔으니까 말이야. 내 삶의 의미 있는 것들 행렬에 하나가 더 추가된 거지. 그러니 그 애에게 흘러가는 마음은 너무 당연한 거 아니겠어? 경사진 곳에 내려놓은 구슬처럼, 또르르!

그런데 저녁에 어른들의 대화를 듣고 기분이 좀 복잡해졌어. 아마 엊그제 고모가 귀갓길에 아파트 놀이터에서 딱 붙어 있던 고등학생 커플 때문에 놀랐던 일이 있었나 봐.

"머리에 피도 안 마른 것들이 연애질한다고 나 참! 미끄럼틀 뒤에서 시커먼 게 움직여서 어찌나 놀랐던지, 기절할 뻔했다니까!"

그러자 할머니랑 아빠도 한마디씩 거들었어.

"아니! 그 한밤중에? 아이고! 도둑 고양이들도 아니고… 뭐 하는 짓이래? 걔들 부모도 갑갑하겠다. 한심한 놈들!"

"쩝! 그 나이에 연애는 위험한 불장난인데… 어쩌려고."

물론 난 어른들 이야기에 아무 반응 없이 묵묵히 밥만 먹었어. 속으로야 '꼭 저렇게 말해야 해?' 했지만, 어찌 보면 어른들의 민낯을 보여 주는 반응이니까. 하루이틀 들어 본 말도 아니고. 또 입장 차이란 게 있잖아. 우리도 우리보다 몇 살 어린 애들을 보면서 '쪼끄만 것들이?' 이런 식의 멘트를 종종 하니까. 그건 상대에 대한 존중감이 없어서라기보다는 습관적으로 쓰는 관용구 같은 걸지도 몰라. 그렇게 이해하고 넘길 수 있었어.

그런데 전과 다르게 마음이 막 불편해지는 거야. 여태껏 내 알 바 아니었지만, 오늘은 내 마음에도 사랑의 싹이 튼 뒤라서 말이야. 그 아이들은 저들 딴엔 세상에서 제일 아름답고 순도 높은 사랑을 하는 중이었을 텐데⋯. 어른들이 연애하는 아이들을 보고 한심한 놈이라며 마구잡이로 비하하는 말을 들으면 괴리감에 혼란스러울 수밖에.

그렇잖아. 이젠 남의 이야기가 아니고 내 일이 되었으니 과연 나는 저런 상황이 된다면 어떻게 할 것인가를 생각해 봤지. 난 내 사랑이 그런 대접을 받는 게 싫거든? 뭐, 물론 우리가 남들의 머릿속 생각까지 다 어쩌지는 못하겠지만 적어도 내가 하는 사랑에 대한 정리는 필요할 것 같아서.

그래서 생각해 보기로 했지. 이름하여 '사랑에 임하는 나의 자세'에 대해.

　이렇게 정리를 해 봤어. 우윤민의 블로그에서 본 꽃밭 그림의 제목이 말하듯이, 사랑은 너라는 세상이 나에게 오는 거야. 한 세계와 또 다른 세계와의 만남인 거지. 그러니까 사랑은 어른들의 말처럼 불장난이 아니라 건강한 존재가 되기 위한 자연스러운 다른 세계와의 만남이라고. 그런 당위성을 가진 사랑이니까, 당당해도 될 것 같아.

　물론 부모님들 입장에선 별 탈 없게, 큰 무리 없이 공부만 하다가 좋은 대학에 가길 바라겠지. 그런 맥락에서 '연애질'이란 말도 나온 거 아니겠어? 하지만 가둬 놓고 공부만 하길 바라는 거, 그건 사육이지 건강한 성장을 돕는 건 아니잖아. 성장이란 건 몸도 마음도 커지는 거니까.

　공부를 열심히 해서 지식도 쌓아야 하겠지. 하지만 나와 다른 세계를 만나 마음의 근육을 키우는 것도 성장의 중요한 한 부분 아니겠어? 그래, 누군가를 사랑하는 것도 인생 공부하는 거라고. 그러니 우리의 사랑은 금지템이 아니야. 삶에 유익한 아이템이니 필수템이라고 주장해도 될 것 같아. 왜냐고? 건강한 청소년이 건강한 어른이 될 테고 그래야 결국 이 세상이 건강해지는 거 아냐? 너무 유난 떠나? 몰라! 여하튼 난 결정했어. 사랑이 온다면

당당하게 맞이하고 거침없이 표현하고 씩씩하게 지켜 낼 거라
고. 그게 사랑에 임하는 나, 박해랑의 자세야. 동의하는 사람, 손
들기!

시작을 위한 전주곡

무언가를 간절히 원하면 온 우주가 돕는다더니 그 말이 맞나 봐. 거짓말처럼 딱 이틀 뒤 그 애를 보게 되었어. 역 근처 패스트 푸드점이었지. 몇몇 아이들 사이에 섞여 있었는데도 내 눈엔 그 애가 도드라지게 들어오더라. 내가 생각했던 그대로의 이미지였어. 내 기대를 저버리지 않았다고나 할까?

이미 말했듯이 윤민이의 외모는 지나가다 뒤돌아볼 만한 그런 외모는 절대 아니야. 쌍꺼풀 없는 적당한 크기의 눈에 무난한 코와 입. 그런 얌전한 이목구비가 조용히 모여 있고 그 위에 검은색 뿔테안경까지 썼으니 얼핏 보면 흔한 애로 보일 수 있어. 하지만 볼 줄 아는 사람들은 알걸? 그 애의 눈빛이 범상치 않단 걸 말이야. 그윽하고 깊은 데다 초롱초롱해 보이는 무언가가 눈 속에 박혀 있어. 사실 눈빛은 내면에서 우러나는 거거든. '눈은 마음의 창'이란 말이 괜히 있는 게 아니라고.

　학원 수업에 들어가기 직전이라 시간은 촉박했지만 천천히 햄버거를 먹으면서 그 애를 봤어. 물론 눈치 못 채게. '나한테 말 걸어 주면 참 좋겠다' 이런 바람을 잠시 가져 봤어. 하지만 이내 '아니! 그건 아니야' 하며 머리를 털었지. 그런 시작은 결코 자연스럽지 않잖아. 모르는 여자애한테 와서 다짜고짜 말 거는 남자애는 내 취향이 아니야. 그보다는 거대한 운명의 섭리가 날 위해, 아니 우릴 위해 뭔가 해 줄 거란 기대를 했어. 그래서 속으로 외쳤지.

　'비비디 바비디 부.'

　애니메이션 <신데렐라>에 나오는 마법 요정이 외치는 주문인데, 시험 직전처럼 뭔가 바라는 일이 있을 때면 이걸 중얼거려. '얍!' 하고 기합을 넣듯이 말이야. 주문이란 건 그 자체가 주술적인 효과가 있는 거라기보다는 정확한 자기 의사 표현이라는 데 더 큰 의미가 있거든. 내가 정확히 의사를 표현하면 거대한 섭리도 비로소 자기 일을 시작하는 거지. 그렇잖아. 말을 안 하는데 어떻게 알겠어? 목표는 명확하고 구체적일수록 강한 힘을 갖는 법이거든.

　그래서인지 잠시 뒤 거짓말 같은 일이 또 한 번 벌어졌어. 윤

 　씁쓸한 사랑에 달콤한 해독제를

민이 맞은편에 같이 앉아 있던 애가 갑자기 뒤를 돌아보는데…
내 중학교 동창 김동우더라고? '헉! 동우가 내 행운의 손잡이가
되어 주겠구나!' 생각했지. 아주 친하게 지냈던 건 아니지만, 동
우가 나에게 비교적 호의적이었던 터라 난 스스럼없이 손을 들
어 아는 척 했어.

"동우야, 안녕!"

"어! 박해랑, 여기서 혼자 뭐 해?"

"보시다시피 저녁 먹는 중."

그 이후부터 자연스럽게 동우와 연락하기 시작했어. 메신저
로 안부도 나누고 학습 정보를 공유하는 차원에서 문제집도 서
로 추천해 주고. 그러다 이틀 뒤 공부 좀 하는 동우에게 학원 상
담을 빌미 삼아 만나서 아이스크림을 먹었거든? 그때 난 동우와
윤민이가 초등학교 동창이자 절친이고 지금은 같은 수학 학원
에 다닌다는 사실을 알게 되었지. 와! 망설일 이유가 없잖아. 안
그래도 학원을 옮길 참이었거든.

그렇게 윤민이와 난 한 공간에서 공부하게 되었지. 고개를 돌
리면 그 애가 보여. 그야말로 내 가시거리 안에 그 애가 있는 거야.
멋지지? 그렇다고 당장 구체적인 행동을 할 생각은 아니었어.

물론 난 평상시에 호감을 표현하는 데에는 망설임이 필요 없

다고 생각하는 편이야. 호감이란 말을 해석하면 말 그대로 '좋은 감정'인데 부끄러워할 이유는 없잖아. 남을 미워하는 마음이야 음지로, 뒷골목으로 숨어 다녀야겠지만 좋은 감정은 해를 향해 얼굴을 돌린다는 해바라기처럼 당당하게 거침없이 내보여도 된다고 생각해.

하지만 호감을 표현하고 난 뒤에 이어지는 그 뒷일들은 그렇게 간단한 게 아니잖아. 그래서 일단 묵묵히 지켜보기만 했어. 학원에 가면 늘 내 눈은 윤민이를 찾았고 내 마음 역시 주책없이 그 애를 향했지만 애써 아닌 척했어. 사랑엔 타이밍도 중요한 법이고 한편으론 윤민이에게도 나를 알아 갈 시간을 줘야 한다고 생각했어. 그게 공평한 거니까.

있잖아, 학원 복도에서 처음으로 윤민이와 첫인사를 나눈 이야기를 해 줄까? 뭐 별건 없었어. 윤민이와 걸어오던 동우가 나를 가리키며 "얘, 내 친구 박해랑이야"라고 했더니 윤민이가 무심하게 나를 보며 말했어.

"안녕."

그래서 나도 인사했어.

"어! 안녕."

그게 끝이었지만 세상에서 제일 절절하고 인상 깊은 '안녕'이

오간 거라고. 그날 밤, 잠에 들기 전까지 오백만 번 정도는 윤민이의 '안녕' 끝에 매달린 'ㅇ'의 울림이 내 귀에서 무한 반복되었거든. 나중엔 약간 슬퍼지더라. 이렇게까지 내 마음이 웃자라도 되는 건지 걱정이 돼서 말이야. 짝사랑으로 끝이 나면 얼마나 슬플까….

다음 날 두근거리는 마음으로 학원에 갔지. 그 학원엔 동우 말고도 내 중학교 동창이 몇 있었는데 여자애들을 몰고 다니는 유해주도 있었어. 유해주가 나를 무리에 끼워 줘서 다닐만 했어. 공부하면서 윤민이에게 자연스럽게 말도 건네고 눈빛도 교환하고. 일거양득이랄까?

특히 수업 시간에 선생님이 농담해서 아이들이 단체로 웃을 때 있잖아. 그때 난 몸을 살짝 돌려 윤민이 쪽을 봐. 물론 우연히 눈이 마주친 것처럼 말이야. 마주 보며 웃으면 한결 더 가까워지는 기분이 들거든. 미소를 나누는 일, 정말 좋은 일이잖아. 사귀기 전부터 좋은 기억을 쌓는 거라고.

윤민이는 보면 볼수록 내 스타일이야. 낮고 굵은 목소리도 좋고, 다소 어눌해 보이는 말투도 그렇고. 특히 윤민이는 늘 말하기 전에 한 박자 쉬고 상대를 바라보는데 그 눈빛은 농밀하고, 옆으로 스르륵 밀리는 미닫이식 미소는 더없이 정겨워. 그리고 무엇보다 맘에 드는 건 그 애의 손엔 핸드폰이 쥐어져 있지 않다는 거야. 요즘은 마치 모든 아이의 손에 핸드폰이 이식된 것처럼 보일 정도인데 말이야.

대신 걘 쉬는 시간에도 늘 뭔가를 그리는 것처럼 보이더라. 종이가 없을 때는 빈 손가락만을 움직여 그림을 그려. 책상 위에, 자기 팔뚝 위에, 그리고 허공에 대고도. 건반 위를 나는 손가락처럼 우아하게 늘 무언가를 디자인하는 것처럼 보였지. 난 그 모습을 보며 머지않은 날에 그 애가 내 마음도 그렇게 디자인해 주기를 희망했어.

그러다 어느 날 학원에서 이상한 분위기를 감지했어. 쉬는 시간에 편의점에 같이 다니던 여자애들이 나를 피하는 것 같더라고. 그런 거 있잖아. 나가려고 고개를 들었을 때 이미 애들이 싹 사라진 거 말이야. 편의점에 좀 늦게 내려갔더니 분명 걔들이 앉은 쪽에 한 자리가 남았는데도 가방을 놓고 안 치워 주는 거야. 그러고는 마치 엄청나게 중요한 이야기가 있다는 듯이 자기들끼리만 속닥거리더군.

황당했어. 아무리 기억을 뒤적거려 봐도 내가 애들한테 밉상이 될 만한 일을 한 게 없는데… 뭐지? 그렇다고 무슨 사건이 있었던 것도 아니거든? 아마 그동안 내가 너무 윤민이에게만 초점을 맞추다 잠시 놓친 부분이 있었던 것 같아. 분명 이유가 있을 텐데…. 그렇다고 대놓고 물어볼 수도 없고 무작정 비위를 맞추려고 자세를 낮추는 것도 내 방식이 아니라서 그냥 넘겼지.

그런데 그다음 날 수업 시간 중에 깨달았어. 어쩌다 고개를 돌릴 때마다 이상하게 동우와 자꾸 눈이 마주치더라고. 처음엔 우연이라고 생각했는데 그러기엔 빈도수도 잦고 또 동우의 표정이 전과 달리 약간 느끼해서 털어 내고 싶을 지경이랄까?

그리고 나와 동우를 유해주가 보고 있었어. 눈빛이 싸한 게 결코 좋아 보이지 않아서 '혹시?' 했거든? 역시 내 예감이 맞았어. 집에 가려고 가방을 싸는데 동우에게 온 메시지가 핸드폰 창 위로 뜨는 거야.

딱 느낌이 왔지. 불길했어. 그래서 본능적으로 메시지를 열어 보지 않고 벤치가 내다보일 만한 곳을 물색했지. 우리 학원 위층 발레 학원이 적당해 보이더라고. 마침 쉬는 시간이라 원생인 척하고 들어가 창밖을 내다보니 대각선 건너 아파트 벤치 앞에 서 있는 김동우가 보였어. 벤치 위에 놓인 그 애 가방 옆엔

남학생들이 들고 다니기엔 어색한 알록달록한 쇼핑백 하나가 놓여 있더군. 작은 초콜릿 상자 같은 게 들어 있음 직한 모양새랄까?

설마! 고백용? 난 창틀을 부여잡으며 속으로 '오 마이갓, 실수'라고 중얼거렸지.

내 실수 맞아! 동우가 오해하게끔 원인을 제공한 게 나니까. 그날 패스트푸드점에서 윤민이와 같이 있는 동우를 보곤 '행운의 문고리'라며 그 뒤부터 동우에게 너무 스스럼없이 행동했나 봐. 내가 학원을 옮긴 것과 그간 나와 나눈 살가운 메시지와 모든 행동이 다 자기를 겨냥한 나의 마음이라고 동우는 오해한 것 같아. 나의 느닷없는 친절 안에 다른 의도가 있었을 거라고는 상상 못 했을 테니까.

게다가 그동안 동우가 학원 안에서 나한테 음료수를 건넨다든지 일부러 프린트물을 챙겨 준다든지 혹은 불쑥불쑥 농담을 던지던 걸 별생각 없이 접수했거든.

아! 그러고 보니 그간 여자애들의 행동도 다 이해가 가. 언젠가 여자애들이 엘리베이터를 탈 때 문이 닫히려고 하자 동우가 뛰어와 문을 잡아 준 적이 있었거든? 그때 엘리베이터 안에서 여자애들이 해주의 등을 때리면서 키득거리던 모습이 떠올랐어.

맞아! 해주는 동우를 좋아하는 게 분명해. 평상시엔 돌직구를 날리는 센 캐릭터인데 동우 앞에서는 이상하게 수줍어한달까? 눈도 약간 치뜨고 입꼬리도 어색하게 올리고 암튼 평소랑은 뭔가 다른 것 같더라니. 그렇다면 난 눈치껏 동우의 호의를 받지 말아야 했는데…. 후회가 됐지.

아니! 솔직하게 말하면 난 그걸 약간 즐겼던 것 같기도 해. 뭐랄까, 내가 인기가 있단 걸 윤민이에게 보여 주고 싶었다고나 할까. 욕심을 부린 거지. 이런 걸 소탐대실이라고 하나?

바를 짚고 한 다리만으로도 우아하게 서 있는 발레 학원 아이들을 보는데 정신이 번쩍 나는 거야.

'맞아! 이제라도 균형을 잡아야 해.'

그런데 어떡하지? 간단한 일이 아니잖아. 서랍 속에 아무렇게나 던져 놓은 목걸이 줄들이 서로 엉켜 있는 것 같아. 그럴 때 있지 않아? 이걸 잡아당기면 저게 끌려 나오면서 얽히고설키고 복잡해질 때. 그땐 정말 가위로 엉킨 부분을 팍 잘라 버리고 싶지.

그런데 그럴 순 없잖아. 그래서 찬찬히 생각해 봤어. 동우와 해주 그리고 윤민이와 나 모두가 공존할 수 있는 최선의 방법 말이야. 누구 하나 상흔이 남지 않게 모두가 '윈윈' 할 수 있는 방법이 뭘까? 뭘 그렇게까지 생각하냐고? 하지만 내가 17년을 살아본 경험상 나도 터득한 바가 있어. 목표물만 보고 돌진하는 건 옳지 않거든. 인간은 사회적 동물이잖아. 게다가 윤민이와 동우는 절친이고 나는 학원 속 무리 안에 속해 있는데 여기서 유해주도 무시하고 김동우도 무시하고 오로지 윤민이와 나만을 생각한다는 건 어리석은 일이야. 돌이 무작위로 떨어지는 낙석 지대 밑에 넋 놓고 서 있는 거나 마찬가지지.

할 수 있는 만큼은 최대한 주위를 정리하고 엉긴 매듭은 풀고 방해가 될 만한 물건들은 치워야 해. 모두를 위한 일이 결국 나를 위한 일이 되는 거거든. 우린 같이 살아야 하고 또 오늘만 살 게 아니니까 뭐든 길게 봐야 한다고.

큰 그림을 그려 봤어. 마치 높은 건물 위에서 전체를 관망하며 먹잇감을 찾는 독수리처럼 말이야. 지금 우린 시쳇말로 사랑의 작대기가 잘못 연결된 거잖아. 윤민이를 좋아하는 나, 나를 향하고 있는 동우 그리고 그런 동우를 바라보고 있는 해주. 그나마 윤민이가 해주를 좋아하는 게 아니어서 얼마나 다행인지! 그렇다면 이 대목에서 동우의 작대기 방향을 돌려 해주 쪽으로만 이어 주면, 해피엔딩이 되는 거잖아?

좋아! 근데 문제는 어떻게 하느냐지. 내가 조물주도 아니고 큐피드의 화살을 쏠 능력도 없는데 어떻게 방향을 틀지? 머리를 이리저리 굴려 봤어. 아직 우린 판도라의 상자를 열기 전이라서 모든 것은 심증뿐이니까, 희망적이야. 난 동우가 보낸 메시지를 '읽지 않음'으로 놔둔 상태니까, 그것만 없던 일로 만들면 돼. 해주도 동우도 윤민이도, 누구의 마음에도 아무런 획이 그어지지 않았으니까.

만약 동우가 먼저 나한테 고백을 했단 걸 윤민이가 알면 '남자들의 의리' 어쩌고저쩌고하면서 나하고 사귀길 꺼리겠지. 게다가 해주 역시 동우가 나한테 거절당하고 난 뒤에 자기랑 만나게 되면 자기가 꿩 대신 닭이 된 기분일 테니 그것도 별로다. 아직 아무도 모르는 상태인 게 얼마나 다행이야? 휴! 그렇담 일이 더 꼬이기 전에 선수 치는 게 방법일 것 같더라고. 내가 먼저 윤민이에게 고백하는 거지. 난 종이에 결론을 썼어.

냉큼 고백!

지금의 이 엉킨 상황을 풀 방법은 하나뿐이야. 상황에 휩쓸리지 않으려면 주도권을 잡아야 해. 그러려면 내가 선제공격을 날

리는 수밖에. 어쩌면 이렇게 상황에 떠밀려 내가 윤민이에게 고
백하게 되는 것도 우리의 운명일지 몰라. 될 일은 더러 그렇게
되더라고. 의도하지 않았는데 옆 사람이 밀치는 바람에 엉겁결
에 밀리고 얼렁뚱땅 가다가 골인 지점으로 들어가게 되는 거지.
그렇게 우리의 시작을 알리는 전주곡이 울려 퍼졌어.

 씁쓸한 사랑에 달콤한 해독제를

스카이 콩콩을 타는 기분

혹시 말이야, 스카이 콩콩이라고 타 봤어? 긴 막대기에 발을 딛을 수 있는 작은 발판이 달려 있고 그 아래 스프링이 있어서 그 탄력을 이용해서 콩콩 뛰며 노는 놀이기구야. 어릴 때 외갓집에 가면 사촌 오빠 스카이 콩콩을 즐겨 탔었거든. 땅을 박차고 하늘로 튀어 오르는 듯한 기분도 최고고, 발밑에서 스프링이 '피용피용' 소리를 내면서 탄성을 그대로 전할 땐 생동감이 온몸으로 느껴진다니까?

트램펄린하고는 완전히 달라. 둘 다 탄성에 의해 몸이 방방 뜨긴 해도 트램펄린은 농익은 과일처럼 할 수 없이 툭 떨어지는 기분이라면, 이건 내 존재가 힘을 줄 때마다 펑펑 튕겨서 튀어 오르는 거야. 올랐다가 아래로 떨어지면서 '피용' 하고 땅을 딛을 때마다 생생한 성취감이 느껴져.

뭔 유난이냐고? 그래, 맞아. 유난 떨고 싶어지는 날들이 요새 계속되고 있어. 매일매일이 스카이 콩콩을 타는 기분이랄까? 때론 내가 따뜻한 팝콘이 되어 하늘로 '쏭' 하고 날아가는 기분이 들기도 해. 그래 봤자 이제 윤민이와 사귄 지 닷새도 채 안 되었지만, 물리적인 시간이라는 게 때론 얼마나 주관적인지 다들 알잖아. 시험 직전 5분의 초조함이 한 시간처럼 여겨지기도 하고, 점심시간 직후의 수학 시간이 거의 반만년처럼 길게 느껴지기도 하듯이.

윤민이와 사귀기 시작한 뒤로 시간은 빛의 속도로 지나갔지만 그 농밀함이란 뭐라 말할 수 없이…. 뭐! 그래. 오글거리겠지만 정말 정말 좋단 이야기야.

어떻게 된 건지 그간의 사정이 궁금하겠지? 내 약간의 노력으로 모두가 해피엔딩이 되었어. 소금을 아주 쪼금 더 넣었는데도 음식 맛이 확 변하듯이 내가 상황을 살짝 다르게 읽어 주기만 했을 뿐인데도 엄청난 결과가 나왔지. 나와 윤민이는 물론, 동우랑 해주도 지금 잘 사귀고 있거든.

동우가 나한테 고백할 뻔한 바로 그날, 나는 고민 끝에 '냉큼 고백'을 결론지었잖아. 그래서 바로 동우에게 전화한 다음, 연기를 했어. 꼭 필요한 상황이었지. 살면서 '하얀 거짓말'이란 게 때론 필요하잖아. 내 연기는 결과적으로 모두를 위한 자상하고도 유익한 거짓말이 되었어.

"동우야. 있잖아… 네 친구 우윤민 번호 좀 줄 수 있어?"

"어? 왜?"

동우는 그때 벤치에서 날 기다리는 중이면서도 내 목소리 톤이 너무 낮고 차분해서인지 '야! 너 내 카톡 못 봤냐?' 이런 말은 차마 못 하는 것 같았어.

"아니… 나… 사실… 걔한테 전부터 하고 싶은 말이 있었거든."

"뭐… 뭔 말?"

난 잠시 뜸 들이다 가볍게 한숨을 한 번 쉬었어. 그리고 수줍은 목소리로 말했어.

"야! 뭐겠냐? 뻔하지."

"아… 어… 너… 그랬구나. 몰랐네."

동우가 버벅거렸어. 만감이 교차했겠지. 아마 동우도 '휴! 다행이다'라고 생각했을 거야. 간발의 차이로 민망함은 덜 수 있었을 테니까 말이야. 동우에게 약간의 버벅거릴 시간을 준 뒤 난 약간 과장되게 말했어.

"어? 근데 너 나한테 카톡 했었구나? 왜?"

그러자 동우는 자연스럽게 내가 핸드폰 충전기를 두고 가서 전해 주려고 했다며 둘러대더라. 그렇게 난 윤민이의 핸드폰 번호를 전해 받았고 이런 말로 훈훈하게 마무리했지.

"근데… 해주가 너 좋아하는 것 같은데 내가 다리 놔 줄까?"

그 뒤로는 일이 술술 풀렸어. 내가 윤민이에게 연락을 채 하기도 전에, 그다음 학원 수업이 끝나고 윤민과 같이 있던 동우가 나를 불러세우더니 말했거든.

"야, 박해랑! 우리랑 같이 가자."

그래서 나와 동우 그리고 윤민이는 자연스럽게 함께 마을버스 정류장으로 향했어. 그런데 갑자기 동우가 두고 온 게 있다면서 학원 쪽으로 허겁지겁 거슬러 올라가더라? 고마운 놈! 덕분에 나와 윤민이는 둘이 남겨졌지.

우리는 마을버스를 그냥 보내고 두 블럭 정도를 천천히 걸으면서 자연스럽게 이야기를 나눴어. 이야기하는 내내 '어? 뭐지?' 그런 생각이 자꾸만 들 정도로 우린 잘 맞았어. 퀴즈 프로그램에서 유난히 쿵짝이 잘 맞아 점수를 팍팍 올리는 환상의 콤비처럼 말이야.

그날따라 길거리의 플라타너스 이파리가 바람에 추는데, 나풀대는 소리가 꼭 박수갈채 같은 거야. 들뜬 마음에 나도 모르게 하품처럼 말이 새어 나왔지.

"나뭇잎 소리 너무 좋아."

그러자 윤민이가 나를 향해 특유의 미달이 미소를 쓱 지어 보이더니 "나두!" 하고 대답했어. 그러곤 이내 시선을 먼 곳으로 돌리며 말했어.

"바람에 나뭇잎 사각이는 소리, 나뭇잎 사이로 쏟아지는 햇살 조각, 비 오는 날 차창 밖으로 자동차 바퀴가 쏴 하며 젖은 도로 위를 구르는 소리, 눈 오는 날 땅으로 내려앉기 전 허공에서 아우성치는 눈송이. 내가 좋아하는 것들이야."

윤민이의 말에 난 너무 감격해서 하마터면 손이라도 덥석 잡을 뻔했어. 진짜 내가 좋아하는 것들을 걔가 하나하나 다 말하더라니까? 어딘가에서 답지라도 미리 빼내서 커닝이라도 하고 온 애처럼 내 마음을 읽어 내는 거야. 진짜 애 뭐니? 결국 나도 뭔가를 해야 할 것 같아 답가를 부르는 심정으로 말했어. 난 실제로 커닝한 거지만 말이야.

"난 해 뜨기 전의 파아란 새벽도 좋아해. 모두가 잠든 시간에 가만가만히 오는 새벽의 여리디여린 푸른 빛…"

그러자 윤민이의 눈동자가 반짝였어. 감동하는 눈빛이랄까?

"맞아! 물로 희석한 듯한 푸른 빛이야. 그걸 여리다고 표현하다니 정말 근사하다."

아무래도 그림 그리는 애니까 색 묘사에 민감하겠지만 그보다는 우리가 좋아하는 게 같다는 사실에 더 감격한 것 같아. 자기 블로그를 본 걸 윤민이는 꿈에도 몰랐을 거야. 죄책감? 없었어. 왜냐하면 진짜로 난 파아란 새벽이 좋거든. 윤민이의 아이디가 그거란 걸 안 뒤로 내내 좋아했어. 그러니까 커닝이지만 커닝이 아닌 거야. 순서만 바뀌었을 뿐.

그날의 하이라이트는 우리가 헤어지기 직전이었어. 내가 사는 아파트 담벼락 어디쯤에서 윤민이가 말하더라고.

"우리 오늘 친해진 거다."

"어."

"앞으로 우리 더 친해지자."

"그래. 더더 친해지자."

"아니, 더더더더더더더더더 많이…."

그러면서 윤민이가 자기 두 팔을 꼬는 거야. 뭐 하는 거냐니까, 무한대 기호래. 숫자 8과 닮은 무한대 기호를 자기 팔로 만들어 보이다니. 정말 귀엽지? 게다가 무한대로 더 친해지자니…. 내가 마음에 든다는 표시를 이보다 더 강렬하게 할 수 없다고 봐. 그리고 '우리 사귀자. 오늘부터 1일이야' 이런 흔한 대사 말고 '친해지자'는 표현 정말 근사하지 않아? 난 그 말이 너무 맘에 들었어. 뭔가 다른 애들과는 급이 다른 연애를 시작하는 기분이 들어 어깨가 으쓱해질 정도였지.

참 신기한 일이야. 친해지자는 말은 내가 거의 십몇 년을 써온 말인데 새삼스럽게 어감이 다르게 느껴지는 건 뭘까? 놀이터에서 잠깐 만난 애한테도 썼고 학교 다니는 내내 '싸우지 말고 잘 지내자'는 뜻으로 쓰고 살았는데 윤민이의 '친해지자'는 그게 아니었어. 애들이 하는 흔한 연애, 사귄다고 표현하는 그런 연애가 어른들이 말한 '불장난 같은 연애'라면 '더더더더 친해지자'는 건 뭔가 진지하고 성실한 존재들의 만남을 뜻한달까?

물론 나중에 내 말을 들은 해주는 그러더라.

"야! 너네만 뭔가 다른 고품격 사랑을 하는 것 같지?

그러면서 처음 연애하는 애들이 갖는 흔한 감정 중 하나라고도 했어. 듣고 보니 그럴 수도 있겠다 싶더군. 나도 알아. 내가 지나친 의미 부여를 하는 것처럼 보일 수 있겠지. 하지만 난 그렇게 느꼈다고, 어쩔래?

말이 나온 김에 해주와 동우 얘기를 하자면, 걔들도 역시 자연스럽게 만나게 되었어. 망가진 신호등 때문에 잠시 엉켜 있던 차들이 경찰의 수신호에 원활해지듯이, 내 사인대로 자연스럽게 자기들이 갈 방향으로 가게 된 거지.

그 예로 우선 유해주의 급격한 태도 변화를 들 수 있어. 나한테 적개심을 보이던 애가 순식간에 돌변하더라고. 내가 윤민이와 사귀는 걸 알고 난 뒤부터 말이야. 걔뿐 아니야. 해주와 몰려다니던 애들이 언제 그랬냐는 듯이 다시 나를 호의적으로 대하는 거야. 내 추측이 딱! 맞았던 거지.

이해는 가. 해주와 동우가 한참 밀당 중이고 친구들도 옆에서 열심히 도와주고 있는데 굴러온 돌인 내가 훼방을 놓는 줄 알았을 테니까.

어느 날 엘리베이터에 둘이 탔을 때, 해주가 나한테 대놓고 사과를 하더라고.

"접땐 쏘리! 내 맘 이해하지?"

안심한 자의 여유로움에 수줍은 표정까지 얹어 용기 있게 사과하는 해주가 맘에 들었어. 사람은 누군가를 좋아하면 한없이 유치해지는 법이거든? 그런 인간미를 가진 것도 좋았는데 거기에 자기 잘못을 인정하는 쿨함까지 지니다니…. '오, 제법인데?' 이런 맘이 들더라고. 그래서 장난을 쳐 봤지. 일부러 눈까지 동그랗게 뜨고 놀란 표정으로 말했어.

"어? 뭔 맘?"

"아씨… 몰라? 아니, 그게… 어… 말로 하긴…."

 씁쓸한 사랑에 달콤한 해독제를

당황하면서 말로 풀어내려고 애쓰는 모습이 어찌나 귀엽던지… 정이 훅 가더라니까? 잠시 뒤 웃으며 말했지.

"이해하지, 그 맘. 500퍼센트."

"어우, 야!"

그러면서 우리는 서로의 어깨를 가볍게 쳤어. 유해주는 잘난 척을 좀 하는 편이지만 안팎이 뻔히 보일 정도의 솔직함을 가진 게 큰 장점이야. 유해주는 객관적으로 외모가 빼어난 데다 집에서 응석받이로 컸대. 그래선지 중학교 때 거침없는 스타일이란 소리를 들었었거든. 처음엔 약간 개념 없는 애인 줄 알았는데 그게 아니더라고.

며칠 뒤, 유해주의 상황이 남 일 같지 않아서 나름대로 도움을 주기로 했지. 이전에 동우가 날 배려했던 방식 그대로 자리를 만들어 주고 빠지기로 했어. 해주와 먼저 아이스크림 가게에 들른 다음 동우를 불러놓고 난 그 자리를 떠났어. 두 사람이 서로 호감을 갖고 있단 이야기를 내가 미리 전한 뒤라, 둘은 분위기가 바로 좋아질 수밖에 없었지. 거기다 달착지근한 아이스크림을 나눠 먹었으니 더할 나위 없었겠지?

그것도 나의 계획에 포함된 거야. 위기 상황을 함께한 사람한테 호감을 느낀다는 흔들다리 효과에서 착안한 거지. 근거가 있는 건진 모르지만 왠지 입이 달면 마음도 달아질 것 같았거든. 그래서 한번 믿어보기로 했어.

전엔 여름 방학 하면 '위기를 기회로!'라는 슬로건을 먼저 떠올렸어. 학교나 학원에서 그렇게 세뇌했거든. '방학은 휴식이 아니라 내신, 학생부, 입시를 설계하는 골든타임이다' 이런 말과 더불어. 그 생각을 하면 어깨에 힘이 들어가고 머리에 살짝 쥐도 나고 그랬었지.

하지만 이즈음 여름 방학을 생각하면 마냥 설레. 윤민이와 더더더더 친해질 수 있는 넉넉한 시간을 앞뒀으니까. 그날이 그날 같던 이제까지와 다른, 새로운 매일매일을 느껴야지. 찌는 더위와 강렬한 햇살도 고역으로만 느껴지지 않을 거야. 탄천가 개구리들의 심야 합창도 추억의 한 장이 될 테고 악을 쓰고 울어 대는 매미 울음도 찬가처럼 들릴 거야. 여름밤의 부드러운 공기도 기대돼.

난 여름의 이런저런 맛을 충분히 만끽할 거야. 그 모든 것들이 내 찬란한 청춘을 꾸며 주는 그럴싸한 소품들이 될 테니까. 누구나 자기 인생의 주인공이라고들 하지만, 요즘의 나는 유난히 잘나가는 주인공이 된 기분이야. 뭐든 잘 풀리고, 괜히 하루하루가 신나.

이런 걸 '리즈 시절'이라고 하지? 이 시간이 기왕이면 오래
계속되길 바랐는데…. 길모퉁이를 돌았을 때 복병이 숨어 있었
을 줄 누가 알았겠어?

'그럴 때'가 되었다고 봐

　'칙칙칙칙!' 밖에서 압력밥솥 추가 돌아가는 소리가 들려. 아마 할머니가 저녁밥을 하나 봐. 내 머리통에도 저런 추가 하나 있으면 얼마나 좋을까? 난 침대에 누워 아까부터 그 생각만 하는 중이야. '피시식' 하고 머릿속 열이 빠져나가게 말이야.

　정말이지 머리가 터질 지경이야. 글쎄! 나보고 방학식 날 파리행 비행기를 타라는 거야. 휴가철이라 미리 티켓을 사 놨다나 봐. 말이 돼? 내 여름 방학을 통째로 바치라는 소리잖아. 그 문제로 아빠와 한참 실랑이했어.

　"어떻게 내 방학 스케줄을 나한테 물어보지도 않고 맘대로 정해?"

　"몰라 몰라. 너희 엄마가 하라잖아."

　"아니, 나한테 먼저 물어봤어야지. 아빠, 나 고등학생이야. 파

　씁쓸한 사랑에 달콤한 해독제를

리가 광역 버스 타고 반나절 만에 다녀오는 데도 아니고 아무리 짧게 다녀온다 해도 한 달은 꼬박 걸릴 텐데 그게 말이 되냐고.”

“그러니까. 네가 너희 엄마한테 말해.”

“알았어. 내가 얘기할 건데, 내가 하고 싶은 말은 대체 아빠 생각은 없냐고? 왜 맨날 엄마가 하자는 대로 무조건 해?”

“있지. 근데 네 엄마잖냐. 떨어져 사는 엄마가 자식 보고 싶다는데…”

내가 아빠한테 화나는 지점이 바로 저거야. 엄마니까 봐줘야 하고 엄마니까 맞추라는 식이야. 게다가 이혼까지 했으면서도 말이야.

물론 나도 전엔 아빠의 말에 전적으로 동의했어. 사랑은 그런 거니까, 가족은 무조건 사랑해야 하는 거니까. 그런데 이제는 뭐든 넘치면 안 좋듯이 사랑에도 분별력이 없다면 해롭다는 생각이 들어. 엄마가 원한다고 다 맞출 수는 없어.

“싫어! 나도 이제 애가 아니야.”

“뭔 소리야?”

“나도 내 영역이 있으니 그 경계를 지키겠단 소리야.”

“그래! 그거 좋네. 근데… 암튼 네가 엄마한테 말해.”

아빠의 저 말 안엔 ‘쉽지 않을걸?’이란 뉘앙스가 담겨 있어.

아빠는 나를 도와줄 수 없다며 손을 털고 방으로 들어갔어. 너무 무책임한 것 같아. 어른이면서 그리고 나의 양육자면서 어떻게 저럴 수 있어? 그거 좋네? 좋단 걸 알면서도 도와줄 생각을 안 한다는 게 말이 돼? 난 그게 너무 화가 나.

차분히 생각하면 물론 이해는 가. 아빠도 쉽지 않다는 걸 아니까. 아빠는 평화주의자니까, 싸우기 싫어서 피하는 거지. 늘 '내가 지고 말지'라는 말을 입에 달고 살아. 가끔은 별것도 아닌 거, 예를 들어 텔레비전 채널 정하는 일에서 나랑 의견 차가 생길 때도 그래. "이쁘니까 봐준다" 같은 말로 순순히 모든 걸 나한테 넘기는 스타일이야. 그럼 난 배시시 웃으면서 좋아했어. 아빠가 나를 사랑하는구나 하는 안도감도 느꼈고. 난 그런 아빠의 너그러움을 늘 높이 샀지. 그게 남자답단 생각도 했었고.

그런데 요즘 들어 그게 아니란 생각이 자주 들어. 너그러워서도 남자다워서도 아니란 생각 말이야. 심지어 날 온전하게 사랑하는 게 맞는지 의심까지 든다고. 오늘 같은 일을 보면 특히 더 그래.

우리 엄마는 자기가 한번 정한 일은 무조건 고집하는 스타일이야. 좋게 표현하면 자기 확신이 강한 거고 나쁘게 말하면 고집불통이랄 수 있지. 물론 엄마 본인은 절대 그렇게 생각 안 하지. 본인은 논리적으로 상대를 설득한다고 생각해. 하지만 상대가 납득해서가 아니라, 지쳐서 두 손을 든 것뿐이라는 걸 엄마는 모르는 것 같아. 더욱이 우린 가족이라서 더 쉽게 포기하는 거란 사실도 엄마는 정말 모르더라고. 하지만 난 이번엔 절대 설득당하지 않을 거야! 포기도 안 할 거고. 그럴 때가 되었다고 봐.

그동안 엄마한테 "시키면 시키는 대로 해"라는 말을 정말 오래 들어 왔어. 뭐, 엄마가 해로운 걸 시키는 건 아니었으니까 크게 나쁠 게 없었지. "건강에 안 좋으니 먹지 마라", "지금은 귀찮아도 습관이 되면 좋다", "이것저것 해 봐야 네가 좋아하는 게 뭔지 아니까 한번 배워 봐" 등등. 주로 나 좋으라고 하는 얘기니까. 그래서 "엄마 말을 잘 들으면 자다가도 떡이 나오는 법이야"란 말에 별 이의가 없었어.

하지만 문제는 그렇게 엄마가 시키는 일에만 익숙해지고, 혹은 싫다고 해도 어차피 내 결정이 무시당할 게 뻔해서 포기하고, 그렇게 항상 엄마에게 맞추다 보니까 언젠가부터 무기력해지기 시작한 거야. 마치 자동 항법 장치 시스템이 설치된 무엇처럼 그냥 움직이는 거야. 싸우기 싫으니 "네, 네". 뭘 해 보려고 하다가도 지적당하는 게 싫어서 포기하고 늘 "네, 네".

우리 아빠랑 비슷해진다고나 할까? 아빠는 엄마랑 나 말고도 할머니랑 고모한테도 다 맞추거든. 좋은 게 좋은 거란 태도로 말이야. 난 아빠를 사랑하지만 아빠의 그 점은 절대 닮고 싶지 않다고.

2년 전인가, 아빠가 대학 때 만났던 첫사랑과 우연히 재회해서 다시 사귄 적이 있었거든. 그 첫사랑도 마침 이혼을 한 뒤라며 아빠가 한참 열에 들떠서 지냈어. 머리도 세우고 옷도 자주 갈아입고 생기가 넘쳐 보였어. 물론 난 그냥 싫었지. 뭐, 내가 아빠 인생까지 생각할 나이는 아니었으니까.

어쨌거나 한참 그러더니 어느 날부터 경비 아저씨가 술에 취해 화단에 쭈그리고 앉아 있는 아빠를 집에 실어 나르는 일이 잦아졌어. 사연을 듣자 하니 아빠가 첫사랑과 헤어졌다고 하더라고. 그때 한참 학교생활에 정신이 없어 자세히 캐묻지는 않았는데 암튼 요지는 할머니와 고모가 결사반대해서 헤어졌다는 거였지. 그러면서 아빠는 말했어. "전쟁은 싫다."

당시엔 내가 모르는 이유가 있었겠지 했었는데 지금 곰곰이 생각해 보니 아빠는 그때 도망쳐 나온 게 분명해. 전쟁이 싫다는 명분을 앞세워서 말이야. 어쩌면 나도 아빠처럼 엄마가 강력하게 주장하면 싸우는 게 싫어서 늘 피한 걸지도 몰라. 싸우느라 갈등이 고조되면 반드시 일정량의 힘든 시간을 겪어 내야 하잖

아. 나도 아빠도 그 시간을 견디기가 싫었던 거지.

그렇다면 그건 사랑이 아니라 게으른 거야. 비겁한 거고. 지질한 평화를 가지려다 엄청난 걸 잃어버리는 것만큼 어리석은 일이 어디 있겠어? 난 이제 그러지 말아야 할 것 같아.

이 지점에서 나의 과거사를 되돌아보자면, 솔직히 난 그동안 너무 어른들한테 맞추면서 살아왔어. 아마 엄마 아빠가 이혼한 초등학교 5학년 때부터였던 것 같아. 엄마는 푸드 스타일리스트가 되겠다고 외국으로 늦은 유학을 갔고 난 아빠와 함께 나를 짠하게 바라보는 친할머니와 같이 살았어. 그게 고약하더라고. 그렇잖아. 그동안 비교적 기고만장한 캐릭터였는데 갑자기 엄마 없는 애라며 주눅 들고 누군가에게 애잔한 아이로 보이는 게 정말 싫었어. 그래서 뭐든지 잘하는 아이처럼 보이려고 더 애썼던 것 같아.

그때부터 난 본의 아니게 여러 개의 자아를 가진 것처럼 행동해 왔지. 엄마 앞에서는 세상 어떤 일에도 휘둘리지 않을 만큼 어른스러운 아이, 아빠 앞에서는 오기와 의욕으로 똘똘 뭉쳐 앞만 보고 직진하는 목표 지향적인 아이, 고모 앞에서는 공부는 잘하나 감정적으로는 약간 둔한 아이. 그리고 할머니 앞에서는 조금 더 과장해서 천진난만하다 못해 아예 속이 없는 아이처럼 보이려고 했어. 그래야 다들 나를 연민으로 바라보지 않을 테니까. 덕분에 야무지단 소리를 듣고 살았어.

근데 솔직히 내가 그렇게 행동하기까지엔 엄마 아빠도 한몫했어. 이혼은 자기들이 해 놓고 나한테 많은 걸 요구하고 세뇌했거든. 유학을 간 엄마는 내가 상처받지 않길 바라며 끊임없이 쿨할 것을 강요했지. 엄마는 영상 통화로 외국 애들이 얼마나 부모로부터 빨리 독립하는지에 대해 간단명료하게 얘기했어. 내 생각엔 죄책감을 덜고 싶어서 본의 아니게 내게 성장 촉진제를 뿌려 댄 걸 거야(그래 놓고 정작 내 결정을 존중하지 않고 시키는 대로 하라는 건 앞뒤가 안 맞아).

그건 아빠도 마찬가지야. 아빠 역시 '이혼 가정 아이'답지 않게 잘 커야 한다는 말을 반복적으로 하면서 내게 주입했거든. 그래야 본인 삶의 흠집이 메워진다는 식의 노골적인 표현도 서슴지 않았어. 내가 뭐 땜빵 전문이라도 된다고 생각한 건가?

난 공갈빵이 되어 버린 느낌이야. 부풀 대로 부풀어 겉보기엔 커다랗지만 속은 텅 빈 공갈빵. 남들에게 보이는 나와 실제의 내가 달라 늘 거짓말을 하며 사는 것 같다고. 내 안에 정작 나는 없고 어른들이 바라는 역할을 하는 여러 개의 자아만 가득해서 늘 변신할 준비 자세로 앉아 있는 거지. 어쩌면 난 늑대 탈을 쓴 양처럼 허세를 부린 걸지도 몰라. 근데 허세를 부려 봤자 양은 양이잖아.

그래서일까? 언젠가부터 완벽한 고립을 즐기게 되었어. 주변의 모든 것들로부터 완전히 끊어져 있는 것 같은 절대 단절, 그 상태가 제일 좋아. 왜냐하면 혼자 있을 때 비로소 내가 온전해지는 기분이 들기 때문이지. 엄마 아빠의 딸도 아니고 할머니의 손녀도 아닌, 그리고 내 주변의 아이들로부터도 완전히 자유로운 그 상태가 좋더라. 뭐랄까, 일시 정지된 느낌이랄까? 더 이상 성장하지 않아도 되고 또 맘에 없는 행동을 가식적으로 해 보이지 않아도 되는 멈춤 상태. 그럴 때 비로소 내 몸속 세포들이 몽실몽실한 살집을 펴고 편하게 늘어질 수 있는 거지. 그런 식으로라도 진짜 나를 찾고 싶었던 것 같아.

아마 그래서 내가 윤민이 만화 속 주인공을 나와 닮은꼴처럼 봤던 것 같아. '아! 얘도 누군가에게 자기 자신을 내려놓고 싶은 거야' 하고 공감하게 된 것도 그 때문이 아닐까? 나도 정말이지 내 자신을 찾고 싶다고. 시키면 시키는 대로 가는 게 아니라 내 취향과 의지대로 가기 위해 이제는 솔직해지고 싶어. 자동 항법 장치를 끄고 내 의지로 가고 싶다고. 사람은 자기 결정권을 가져야 힘이 생긴댔어. 맞아, 끌려갈 땐 힘을 전혀 못 쓰는 법이거든.

결론적으로! 난 방학 때 엄마가 있는 파리로 가지 않을 거야. 절대로! 싫다고 하면 엄마가 날 지치도록 설득하겠지. "고1 여름 방학이 여행하기 딱이야"라거나 "공부보다 넓은 세계를 보는 게 더 큰 공부란다" 아니면 "엄마가 여기 있을 때 와야 기회비용으로 보나 뭐로 보나 최선인데 왜 그걸 놓쳐?"라고 할 거야. 그래도 안 먹히면 야단치겠지. "야! 네가 그 잘난 공부를 하면 얼마나 한다고!"라며 비아냥거릴 수도 있고. 나중엔 "엄마가 네가 보고 싶어서 그래"라며 읍소도 할 거야. 난 그럼 마음이 약해지겠지. 엄청 괴로울 거야. 나도 물론 엄마가 보고 싶고 또 엄마를 실망시키고 싶지 않으니까. 하지만 이번엔 절대 양보 안 하려고.

"그러니까 넌 윤민이랑 방학을 보내고 싶어서 그런 거지?"라고 누가 묻는다면 일단 "맞아"라고 할 거야. 그게 사실이니까. 이제 막 시작된 나의 새싹 같은 여리고 소중한 마음을 그냥 팽개쳐둘 수 없어. 물도 주고 빛도 쏘이고 그래야 하는데.

'그럼 넌 결국 남친 때문에 엄마한테 반기를 들겠다는 거네?' 이렇게 묻는다면 그건 아니야. '남친'에 방점을 찍으면 안 돼. 이 일은 단순한 연애 문제가 아니라고. 난 내 인생의 중요한 전환점을 맞은 거야. 윤민이가 없었어도 도달해야 했을 관문인데 윤민이가 생겨서 나의 자세를 더더욱 옹골차게 잡을 수 있었다고나 할까? 간단하게 다시 말하자면 윤민이 때문이지만 그게 전부는 절대 아니라고.

그렇다고 엄마한테 굳이 윤민이 이야기를 하진 않을 거야. 그건 미련한 일이니까. 라이터를 켜고 주유소로 뛰어 들어가는 것과 다를 바 없을걸? 엄마는 문제의 초점을 완전히 흐릴 거야. "뭐! 연애하느라 정신 팔려서 엄마를 보러 못 온다고? 너 미쳤구나", "그깟 남친이 중요해, 엄마가 중요해?" 이런 유치한 질문도 할 테고. 아마 비밀 특사를 보내서 나를 납치라도 할지 몰라. 어쩜 내가 서 있는 땅을 포클레인으로 떠서 흙째로 나를 비행기에 실을 수도 있어.

아! 물론 완전 과장이지만, 그만큼 길고 지루하고 힘겨운 싸움이 될 수도 있단 이야기를 하는 거야. 우리 엄마 그렇게 만만한 사람이 아니거든. 엄마에 대한 도전이라고 받아들일 수도 있어. 내 참! 나는 단지 내 선택을 말하는 것뿐인데도 말이야. 선택은 존중받아야 하는 거잖아.

그래! 말하고 보니 '도전'이란 말 너무 좋네. 만약 이게 도전이라면 진짜 건강한 도전이잖아. 도전한다는 건 적어도 비겁하게 도망 다니지는 않는 걸 말하는 거니까. 내가 비록 헛스윙을 날리더라도, 허공에 주먹을 날리다 나자빠지더라도 시도하겠다는 건 그만큼의 힘과 선명한 의지가 있다는 거니까. 성장은 본질적으로 고독한 싸움이라고들 하잖아. 이젠 그럴 때가 된 것 같아. 싸워야 할 때 말이야.

둘이 된다는 건 말이야

나의 행복은 항상 간지러운 통증 같아. 정말 좋은데 너무 좋아서 싫어. 아슬아슬한 거야. 이렇게 좋은 게 깨질까 봐 무섭고 이유 없이 마음이 아파 오기도 하고. '이게 전부일까?' 하는 걱정도 동반하는 통증 같은 행복. 마냥 좋기만 할 수는 없는 걸까? 원래 행복이란 게 그런 거야? 아니면 나만 이렇게 느끼는 걸까? 윤민이랑 종일 있다 집에 가는 길이면 늘 이런 묘한 감정 때문에 어쩔 줄 모르겠더라고. 정말 궁금해서 해주한테 물어봤더니 대뜸 그러는 거야.

"원래 그래. 좋은 만큼 불안한 거…. 그거 흔한 감정이야."

마치 자기는 연애 경력이 많은 베테랑처럼 고압적인 말투로 단정 짓더라고. 나만의 고유한 감정을 순식간에 저렇게 하는 거, 그거 기분 별로더라. 완전 초치는 기분이라고. 기껏 시간과 정성 들여서 이뻐 보이려고 머리 만지고 틴트 바르고 나오는데 할머니한테 '안 하는 게 더 이쁜데 뭘 그렇게 처발랐니' 이런 소리 들을 때랑 기분이 비슷해. 칫! 그러거나 말거나….

암튼 내가 이렇게 행복 운운한다는 건…. 맞아! 내 방학을 사수할 수 있었거든. 강한 선제공격을 날렸더니 의외로 엄마가 순순히 받아들였어. 너무 쿨하게. 심지어 아무런 토도 달지 않고 바로 '접수!' 했지. 그동안 맘 졸인 게 억울할 정도로 시시하게 끝난 거야. 너무 흔쾌히 받아들이길래 '결국 우리 엄마도 강자한텐 약하고 약자한텐 강한 스타일인 거야?'라고 생각했는데, 알고 보니 엄마가 방학이 끝날 즈음에 한국에 들어올 일이 생겼다는 거야.

어쩐지! 그러니 엄밀히 따지면 이건 전쟁도 아니고 내가 이긴 것도 아닌 것 같지만 그건 또 꼭 그런 건 아니야. 왜냐! 이 기회에 난 엄마에게 분명하게 선을 그었거든. 엄마에게 장문의 편지를 써서, 조목조목 번호까지 달아서 내 자율권을 존중해 줄 것을 못 박았지. 예를 들면 '앞으로 내 신체 이동권은 미리 의논해 달라', '옷이나 신발 살 때 내 취향 존중해 달라', '학원, 과외 선택 시 일방적인 결정은 거부한다' 등등 그야말로 '경계 설정'을 분명히 명문화했어.

설사, 엄마가 내 편지를 건성으로 받아들였다 해도 의미는 남

아. 왜냐하면 그 글을 쓰면서 난 더더욱 분명해졌거든. 등 뒤에 불을 놓고 전쟁에 임하는 병사처럼 앞으로 갈 일만 남은 거니까. 제일 중요한 건 나 자신이잖아.

나와 윤민이의 연애 전선은 아주 단단해져 가고 있어. 내 계획대로 우리는 여름 방학 내내 '우리'란 번들로 묶여서 잘 지내고 있거든. 같이 도서관도 가고 점심도 먹고 공부하다 튀어 나가 공원도 걷고 포토 부스에서 사진도 찍고 가끔 우리 동네서 제일 멀리 가는 광역버스를 타고 긴 드라이브를 하기도 해. 작열하는 태양 아래 서 있다가 냉방 잘되는 버스에 자리 잡고 앉아 둘이 손을 마주 잡으면 난관을 뚫고 이겨 낸 승자의 파티에 초대된 기분이 든다고.

"우리… 내려서 좀 걸을까? 아니면 우리… 남산타워 가 볼까?"

"근데 해랑이 넌 왜 말할 때 꼭 우리… 하고 한 템포 쉬는 거야?"

"그건… 우리인 게 좋아서. 일종의 강조를 하는 거지."

"아아, 그렇군. 그럼 우리이이…, 우리도 놀이공원 갈까?"

"좋아! 언제?"

"조만간. 우리이이… 가자. 꼭!"

나를 따라 하느라 '우리' 뒤에 긴 쉼을 넣는 윤민이가 너무 귀여워. 매번 '우리'라고 말하면서도 난 '우리'란 말을 할 때면 늘 온몸이 간질거려 와. 생각해 보니 태어나서 이런 '우리'는 처음이거든. 우리 집, 우리 엄마, 우리 아빠, 그런 다소 운명적인 '우리'거나 아니면 우리 동네, 우리 학교와 같은 공공 소유의 개념과는 조금 다른 '우리'지. 여기엔 오로지 윤민이와 나만 있잖아.

'너만 아는 나'와 '나만 아는 너'가 튼실한 연대를 이루면서 '우리호'란 배를 여름 바다에 띄우는 거야. 그리고 우린 팔다리 근육이 짱짱한 뱃사람처럼 늠름하게 배 위에 서 있지. 작열하는 태양, 시퍼런 바닷물, 더없이 폭신해 보이는 하얀 뭉게구름, 상상만으로 저절로 내 머릿속에서 사진이 인화돼. 찰칵!

엊그제 있었던 일 얘기해 줄게. 새로 시작한 대형 영어학원에서 레벨 테스트를 한다고 해서 갔어. 강남에서 알아주는 강사가 새로 만든 학원인데 수준별 수업으로 효율성을 확 올려 준다고 대대적으로 홍보하더라고. 일단 테스트나 받아 보겠다는 심산으로 들렀지.

그런데 애들을 모아 놓고 정작 레벨 테스트는 안 하고 학원 오리엔테이션만 세뇌하듯이 너무 오래 하는 거야. 나눠 준 종이에 이름과 전화번호를 쓰기 전엔 절대 안 내보내 줄 태세더라고. 다들 엉덩이를 들썩이며 나가고 싶어 했지만 문 앞에 덩치 큰 남자들이 다리를 벌리고 서 있어서 선뜻 못 나가고 있었어. 난 윤민이에게 전후 사정을 적은 메시지를 날렸지.

그런데 잠시 뒤 강의실 문이 벌컥 열리더니 윤민이가 들어서더라고. 어울리지 않게 격앙된 표정으로 성큼성큼 걸어 들어오더니 대뜸 내 가방을 메고 앞서서 나갔어. 난 최대한 거만하고 우아한 자세로 일어서 윤민이의 뒤를 따랐지.

솔직히 나도 의외였거든. 윤민이에게 이런 단호함이 있을 줄이야. 앞에서 오리엔테이션 하던 강사랑 앉아 있던 애들이 일제히 우리를 보더라. 아마 내 얼굴엔 자부심이 가득했을 거야.

'너희들이 아니? 둘이 된다는 건… 무서운 게 없어진단 소리야.'

그런 생각을 하며 나는 윤민이를 따라 밖으로 나와 달리기 시작했어. 학원 입구를 지나 거리로 나올 때의 첫발은 뭐라 형언할 수 없이 통쾌했지. 게다가 내 가방을 들고 앞서가는 남자 친구의 뒤통수를 보며 달리는 기쁨은 못 겪어 본 사람은 절대 모를 거야.

그렇게 우린 달렸어. 아름다운 비행을 위해 미끈하게 쭉 빠진 활주로를 달리듯이. 정말 짜릿했어.

가끔 우리는 동우, 해주랑 같이 넷이 놀기도 했어. 해주가 자꾸 '더블 데이트'라고 이름을 붙이는 건 유치해서 약간 싫지만 그래도 커플끼리의 만남이라 색다른 맛이 있어서 좋아. 넷이 만나면 둘이서는 못 하는 걸 할 수 있거든.

노래방에서 점수 대결을 한다든지, 보드게임 하면서 서로 자기 파트너를 응원할 때 둘만의 결속력이 더 강해지는 걸 느끼게 되지. 그거 말고도 넷이 다니면 서로 커플 사진 찍어 주기도 편하고 넷이 같이 깔깔대는 재미도 좋고 경제적으로도 효율적이라서 말이야. 사실 동우가 집에서 용돈을 많이 받는 편이라서 여러모로 보탬이 되었거든.

언젠가 방탈출 게임을 하러 간 적이 있었거든? 그날 난 윤민이의 새로운 매력을 발견했어. 비교적 난도가 높은 게임이어서 자꾸 막히는 거야. 그럼 우린 일제히 입을 모아 외쳤어.

"힌트폰! 힌트폰!"

뭐 어차피 놀이니까 하는 마음에서 쉽게 가려고 한 거지. 그런데 윤민이는 조금 다르더라.

"잠깐만!"

그렇게 외치고는 차분차분 경우의 수를 나열해 보는 거야. 미간을 찌푸리면서, 눈동자를 머릿속 어딘가를 헤매는 듯이 굴렸어. 그러면서 손가락을 하나씩 접는데 더없이 미더워 보였어. 앞에서 동우가 설레발을 치든 말든 마치 진공관 안에 들어가 있는 듯 차분하게 휩쓸리지 않는 모습. 멋졌다고.

그런 건 우리 둘이 있을 땐 못 보던 모습이거든. 사람은 상대적이라 둘이 있을 때 말고 여럿일 때 또 다른 자아가 나오기도 하잖아. 넷이라서 좋은 점에 이 또한 포함돼.

물론 부작용도 있어. 남자애들이 괜히 허세 섞인 경쟁심 때문에 무리하기도 하더라고. 축구나 게임 얘기하면서 서로 지식 자랑을 하느라 넷이 있단 사실도 잊고 분위기를 망친다든가. 해주는 동우랑 둘이 있을 때나 해야 할 넘치는 애교를 부려서 모두를 닭살 돋게 했지. 물론 나도 너무 대놓고 윤민이 편만 들어서 애들의 원성을 듣곤 했어. 하지만 그 정도야 서로 다른 넷이 모였으니 얼마든지 있을 수 있는 일이라고 봐.

그런데 제일 큰 부작용은, 알고 싶지 않은 것까지 알게 된다는 거야. 중학교 때 윤민이가 좋아했던 여자애가 있었단 이야기를 동우가 하더라고. 심지어 무지 예뻤다더라. 그리고 해주의 자기 엄마 자랑도 별로 안 궁금해. 엄마가 구운 비스킷이라며 들고 나와서는 '싫다는데 가방에 넣어 줘서' 하는 식으로 툴툴대면서 하는 자랑 말이야. 알다시피 나는 엄마 콤플렉스가 있거든. 엄마가 곁에 없어서 해주의 자랑이 나를 약간 비참하게 만들더라고.

또 안 그래도 눈이 크고 이쁜 해주가 속눈썹을 올리고 나와서 내 눈을 상대적으로 더 작아 보이게 한다든가. 거기다 걘 왜 그렇게 새 옷이 많은지….

사실 그보다는 꼭 하고 싶은 이야기가 있어. 내 안에 드는 낯선 감정에 대한 거야. 아마 너희들도 사랑을 하고 있다면 느낄지도 몰라. 이것 역시 해주가 말하던 '흔한 감정' 중 하나일지 모르겠지만. 암튼! 요즘 난 가끔 말도 안 되는 감정들 때문에 완전 당황스러워. 체면이 구겨지는 것 같기도 하고. 고급스럽게 표현하자면 이런 걸 자괴감이라고 하려나? 암튼 완전 나답지 않은 나와 종종 마주친다고. 그때마다 '뭐야! 나… 이런 애야?' 하게 되지.

원래 난 남하고 비교를 많이 하고 사는 편은 아니야. 외모에 목매는 애도 아니고. 사람은 누구나 각자의 매력이 있는 거라고, 그러니 사람끼리 서열을 두고 '네가 이쁘네, 내가 이쁘네' 그런 건 말이 안 된다고 생각하고 살았어.

그런데 이상하게 윤민이랑 사귄 뒤로는 전과 달리 안달하는 나를 보게 되더라. 해주보다 더 이뻐 보이고 싶다든가, 작은 키를 아쉬워한다든가, 또 과거 속의 윤민이가 좋아했던 여자애한테 괜히 질투심이 생긴다든가.

급기야 '우리 부모님은 왜 이혼했을까?' 하는 원망 내지는 신세 한탄 같은 어처구니없는 감정들이 마구잡이로 생기더라고. 아마도 윤민이에게 최고로 보이고 싶은 마음 때문이겠지?

나만 그러는 건 아닐 거야. 사랑을 하면 사람이 바보가 된다잖아. 그걸 사랑에 눈이 머는 거라 하더라고. 고백하자면 언젠가 더블데이트를 나가던 날엔 고모가 할머니한테 선물한 명품 시계를 차고 나가려고 할머니 서랍을 몰래 뒤졌다니까? 결국 못 찾아서 관뒀지만. 못 찾은 게 얼마나 다행이던지…. 두고두고 그 생각을 하면 좀 창피해. 화도 나고.

난 사랑에 눈이 멀고 싶지 않아. 아빠처럼 사랑한다고 해 놓고 전쟁이 싫어서 비겁하게 도망치는 것도 싫지만, 그렇다고 사랑 때문에 이런 유치한 감정에 마구 휘둘리고 싶지도 않아.

이렇게 얘기하면 내가 무지 이성적인 사람처럼 보일 거야. 근데 다 믿지는 마. 어차피 여긴 내 독백의 장이니까 아무래도 나한테 유리한 말을 많이 하겠지. 그건 감안해 줘.

그래도 이런 희망 사항을 갖고 있으니 적어도 내가 극단으로 치닫지는 않을 거라고 봐. 결국 모든 일엔 균형이 필요하지만 특히 연애가 더 그런 것 같아.

누구나 내가 하는 연애가 최고이길 바라잖아. 그래서 남의 연애 얘기를 들으면서 비교도 하고, 서로 내 연애 상대가 이러니저러니 공유도 하는 거 아닐까? '좋아하니까 이 정도는 해 줘야 하는 거 아냐?', '데이트에 성의 없게 옷차림이 그게 뭐야?', '카톡을 어떻게 안 봐?', '30일 기념 이벤트를 해줬다던데…' 이런 식으로 말이야.

둘이 된다는 건 정말 좋지만 엄연히 둘인데도 하나가 되려고 하거나, 진짜 하나인 줄로 착각하게 되면 마찰도 많아지는 것 같아. 그럴 때일수록 남하고 비교하지 말고 최대한 내 감정을 믿고 가는 게 맞는다고 생각해.

아! 그리고 요즘 들어 알게 된 새로운 사실 하나가 있어. 사랑이란 상대를 좋아하는 마음이기도 하지만, 그 사람 앞에 서 있는 나 자신을 사랑하게 되는 일이기도 한 것 같아. 난 윤민이 앞에 있을 때마다 새롭게 발견되는 내가 너무 좋거든. 사랑받는 나, 주목받는 나, 매력적인 나, 전보다 예뻐진 나, 괜찮아지려고 애쓰는 나, 성숙한 나… 이 외에도 '수만 개의 새로운 나'가 탄생해. 그러고 보면 누군가를 사랑한다는 건 정말 놀라운 일이지?

삶의 변수를 다루는 법

황당한 일이 생겼어. 이런 걸 삶의 변수라고 하는 건가? 알고 싶지 않은 걸 알게 되는 것처럼 원치 않은 상황에 윤민이와 나, 우리가 딱 놓이게 되었다니까? 너희들 '엄친아'라는 말 알지? 내 남자 친구 윤민이가 하루아침에 바로 그 '엄친아'가 된 거야.

물론 부모들이 훈계할 때 비교질의 기준으로 들먹이는 그 '엄친아'는 아니야. 말 그대로 '엄마 친구 아들'인 거지. 알고 보니 우리 엄마랑 윤민이네 엄마랑 친구였대. 나이는 우리 엄마가 한 살 많지만 대학교 때 같은 학번 동아리 친구였다나? 내 참!

그게 뭐가 대수냐고? 그러게. 처음엔 별일이 아닐 것 같았는데 지내보니 그렇지가 않더라고. 예상치 못한 일이 우리를 마구잡이로 흔들어 댔다니까? 멀쩡하게 딛고 서 있던 땅 아래가 흔들린다고 생각해 봐! 황당하잖아. 커피에 흰 우유를 부어 고요

하고 부드럽고 따스한 카페 라테를 만들어 가는 중인데 누군가
가 거기에 불순물을 확 부은 것 같달까? 뭐 거의 그런 느낌이
들었어.

방학 끝 무렵에 우리 엄마가 귀국했거든. 엄마가 와 있는 동
안엔 외갓집에서 엄마랑 같이 지냈어. 회포를 푸는 시간이지.
근데 어느 날 근처에 있는 백화점 식품 코너에 갔다가 우연히
엄마 친구를 마주친 거야. 서로 연락이 끊겼다가 우연히 마주치
게 된 건지 두 사람은 한참 괴성을 지르면서 반가워하더라고.

엄마 친구는 한눈에 까만 조약돌이 딱 떠오를 정도로 단단하
고 까무잡잡하며 당차 보이는 사람이었어. 차림도 세련된 데다
생머리를 단정하게 자른 스타일이라 더 그렇게 보인 것 같아. 두
사람은 잠시 이야기를 나누더니 의견 일치를 보더라고.

"언니! 음식 포장해서 우리 집 가서 얘기 더 하자. 우리 집이
바로 코앞이거든."

솔직히 내가 엄마를 따라다닐 나이는 아니잖아. 그래서 난 집
에 가 있겠다고 엄마에게 작은 소리로 속삭였거든. 그러자 그 아
줌마가 눈을 찡긋거리면서 내게 말하는 거야.

"배고픈 우리 아들이 집에서 기다리는 중이라 그래. 봐주라.
응? 같이 가자."

 씁쓸한 사랑에 달콤한 해독제를

그때만 해도 조약돌 아줌마가 엄마보다 많이 어린 줄 알았어. 그래서 그 아줌마가 말한 '배고픈 아들'을 초등학생 정도 되는 꼬마로 연상했지. 배고픈 아들이라니 왠지 거절하기 힘들더라고. 그런 오지랖으로 쭐레쭐레 그 집을 따라간 거지.

그런데 그 집 아들이 글쎄! 바로 우윤민이었던 거야.

"어?"

나랑 윤민이는 화들짝 놀랐지만 같은 학원 친구라는 것만 밝히고 그 극적인 상황을 자연스럽게 넘겼어. 어차피 우리가 주인공인 자리도 아니고 또 엄마들은 우리가 아는 사이란 거에 별로 관심도 없더라고. 사귀는 중이라고는 꿈에도 생각 못 했을 테니까. 그것부터 비극이 시작된 거지. 한마디로 우리를 별로 존중하지 않는 분위기였어. 드라마로 친다면 주인공들의 아들딸로 그저 단역에 불과하다는 듯이 대사도 안 주고 몰개성한 소품 취급을 한달까? 맞아. 마치 유치원생 둘을 모아 놓은 것처럼 우릴 대했어.

"윤민아, 친구 콜라 좀 갖다주고. 친구는 얼음 넣니?"

"해랑이 너도 저 친구처럼 덥석덥석 먹어야지. 키가 훤칠하니 좀 좋아 보이니?"

두 사람이 번갈아 우리를 '친구'라고 부르는데 왠지 우리가 덜 자란 미성숙한 인격체로 취급당하는 기분이 들더라. 물론 부모에게 자식이란 평생 어린애라지만 그래도 기분은 별로였어. '친구 아니고 여친인데요.' 속으로 소심한 반항만 했지.

"윤민, 그걸 거기다 놓으면 떨어지지! 가서 얼른 씻어! 옷 얼룩지지 않게 비누칠 벅벅 해 빨고. 애가 칠칠치 못하게…."

나의 근사한 남자 친구 등짝을 찰싹 때리면서 핀잔하는 모습을 보고 있자니 특히 심기가 불편했다고. 우리 엄마도 걔네 엄마 못지않았어. 귀엽다는 듯이, 약간은 가소롭다는 듯이 내 이야기를 모두의 면전에서 가감 없이 전하더라고. 어릴 때 있었던 일 정도는 애교로 그냥 넘길 수 있었어. 하지만 내가 이번 여름 방학에 공부한다고 엄마한테 안 가겠다며 장문의 메일을 보냈더란 이야기를 할 땐 얼굴이 달아올랐어. 정말 미칠 것 같더라.

"엄마! 그만해요."

"왜? 공부한다고 해 놓고 안 해서 찔려?"

"아, 좀!"

윤민이한텐 말 안 했었거든. 그런데 걔가 이 얘길 들으면 어떨 것 같아? 나랑 같이 열심히 놀고 연애한 윤민이 입장이 어떨 것 같냐고! 모든 일에는 수순이란 게 있는 법이잖아. 서서히 교집합을 이루는 시간과 단계가 필요한 건데 이렇게 되어 버리다니.

    씁쓸한 사랑에 달콤한 해독제를

아! 정말 가혹해! 우리 사랑이 막 깊어지는 즈음이라, 안 보고 싶고 아직은 안 보는 게 더 좋은 장면을 본의 아니게 목격하고 있는 거잖아. 우리 속도 모르고 엄마들은 신이 나서 까발리고 헤집고….

그게 끝이 아니었어. 그 뒤로도 상황은 계속 엉켰어. 나와 윤민이는 원치 않는 상황에 자꾸 등장하게 됐지. 부모끼리 친구면 그 자식들은 거대한 바퀴에 맞물린 작은 바퀴처럼 엉겁결에 같이 돌게 되는 건가 봐. 그런데 생각해 봐. 다 큰 자식 입장에서 그게 좋겠어? 진짜 열받아!

그 후로 엄마는 가끔씩 아침 댓바람부터 자는 나를 깨워 다짜고짜 윤민이네 집에 다녀오라고 했어. 주로 엄마가 구운 빵이나 정체불명의 요리를 갖다주라는데 그깟 게 뭐라고! 난 세수도 안 했고 머리는 떡이고 눈두덩이는 모닝빵처럼 부풀었는데 말이야.

그 일로 엄마와 크게 한 번 부딪쳤지. 아니다. 반항하다가 혼났다는 표현이 정확하겠네.

“싫어! 멀지도 않은데…. 엄마가 가!”

“멀지 않으니까 네가 가!”

“엄마 친구잖아!”

"네 친구도 있잖아!"

'그러니까! 바로 걔 때문에 이러고는 못 가겠다니까!'라고 했다가는 앞날이 무지 시끄러워질 테니 차마 말 못 했지.

"왜 내가 가야 해?"

"자식은 부모 심부름 정도는 하는 게 기본이야. 기본은 해야지."

"엄마는 자식한테 기본 안 했잖아!"

나도 모르게 튀어나온 진심에 나조차도 깜짝 놀랐어. 내 안엔 엄마가 어린 나를 두고 유학을 가 버린 것에 대한 원망이 있었거든. 이런 사소한 상황에 그런 무거운 진심이 튀어나왔으니 놀랄 수밖에. 하지만 난 그만큼 짜증이 났었다고. 사실 윤민이와 엉킨 일 말고도 엄마는 여전히 내 경계를 안 지켜 줬거든. 엄마가 온 뒤론 '와라, 가라, 해라, 마라'가 연속되던 터라 힘들었어. 엄마는 무리한 요구도 서슴지 않았거든.

내 스케줄은 묻지도 않고 맘대로 나를 끌고 다녔어. "엄마! 나 학원 가야 하는데 나한테 물어보고 정했어야지"라고 이의를 제기하면 "엄마가 여기 오래 있는 것도 아닌데" 하면서 특수 상황이니까 내가 엄마한테 무조건 맞춰야 한다는 거야.

아니! 내가 심부름을 안 하겠다는 게 아니야. 하지만 난 그 외

  씁쓸한 사랑에 달콤한 해독제를

의 무리한 요구는 기본적으로 상대에 대한 존중이 없기 때문이라고 생각해. 아무리 어린 자식이라도 다 각자의 사생활이 있는 법인데. 안 그래?

"박해랑, 너 그게 무슨 말이야?"

엄마가 진심으로 놀란 표정을 짓더라고. 맞아. 어떤 진심은 적당한 수준의 포장 없이 밖으로 나오면 완전 흉해 보일 때가 있거든. 이게 바로 그런 예야. 그래서 난 엄마한테 비굴의 정수를 보여 가며 사과해야 했어. 그리고 후다닥 일어나 비니만 뒤집어 쓰고 눈곱도 못 뗀 채로 윤민이네에 갔고.

덕분에 그 뒤로는 엄마가 시키는 일은 무조건 해야 했어. 두 번 정도는 더 윤민이와 원치 않는 자리에서 마주쳤지. 하이라이트는 엄마랑 찜질방 다녀오는데 윤민이 엄마인 조약돌 아줌마가 마침 가까운 데 있다며 우릴 데리러 온 일이야. 물에 불어서 벌건 얼굴을 한 채로 근처 냉면집에서 윤민이와 마주 앉아 식사를 하자니 진짜…. 배가 안 고프다는데도 굳이 굳이 나를 끌고 온 엄마가 원망스러웠어. 대체 왜 먹는 것조차 나한테 결정권을 안 주냐고! 난 방학이 얼른 끝나길 속으로 기도했지.

그런데 산 넘어 산이라고. 그래도 그저 엄친아, 엄친딸로 지내는 건 차라리 괜찮은 일이라고 생각할 정도로 그보다 더한 일이 벌어졌으니까. 우리 엄마랑 조약돌 아줌마가 넘치도록 친하게 잘 지낸다 싶더니만 어느 날 사달이 난 거야.

"있잖아. 지금 너희 엄마랑 우리 엄마랑 싸워."

윤민이가 전화로 어찌나 속삭이면서 말하던지 처음엔 쑥스러운 애정 표현이라도 하는 줄 알았다니까?

"왜?"

"몰라…. 아, 지금 너희 엄마가 문을 쾅 닫고 나가셨어."

대체 뭣 땜에 그렇게 치열하게 싸워야 했는지 우리는 몰라. 그렇게 졸지에 우리 둘은 원수의 자식들인 로미오와 줄리엣이 된 거지. 엄마는 저녁나절에 나한테 조약돌 아줌마에 대해 뒷담화를 하더라고. 학교 다닐 때 이랬네 저랬네부터 이런저런 다소 유치한 욕들. 그리고 '내가 저한테 어떻게 했는데' 하면서 배신감을 느꼈다는 둥, 나아가 인간관계 전반에 대한 회의감까지 든다며 비약해서 이야기하더라고. 그래도 싸웠단 이야기는 하지 않더라? 나도 완전히 모른 척했지. 나로서는 더 깊은 이야기가 나올까 봐 피했다고나 할까?

엄마의 뒷담화를 들으면서 난 속으로 '부디… 조약돌 아줌마는 우리 엄마 같지 않기를' 하고 바랐어. 윤민이 앞에서 우리 엄마 험담을 하다가 넘쳐서 내 이야기까지 하게 될 수도 있지 않을

    쌉쌀한 사랑에 달콤한 해독제를

까 하는 걱정이 들었거든. '설마!'라고? 아니! 내가 겪어 본 바로는 어른들도 우리랑 크게 다르지 않아. 아니, 더 유치하던데?

실제로 그 이틀 후에 조약돌 아줌마가 학원 앞으로 윤민이를 데리러 왔다가 평소처럼 나를 태워서 집 앞에 내려 줬거든. 근데 엄마가 그 얘길 듣더니 발끈하는 거야.

"뭘 얻어 타고 다녀? 마을버스 타면 금세고만?"

"마을버스 배차 시간 은근히 길거든."

"걸어도 되는 거리 아냐? 다리 뒀다 뭐해?"

언제는 밤엔 절대 걸어 다니지 말라고 난리더니? 이랬다저랬다.

"너… 학원 딴 데로 옮기지? 요 앞에도 있던데."

"…"

유구무언의 자세로 그 상황은 넘겼어. 하지만 덕분에 윤민이와 내가 약간 어색해질 뻔했다고. 모른다고는 했지만 어쩌면 윤민이는 두 사람이 왜 싸웠는지 알 수도 있고, 만약 우리 엄마가 잘못했다면 팔은 안으로 굽는다고 걔도 마음이 편치는 않으리란 생각이 들었거든. 그런 의미에선 두 사람이 왜 싸운 건지 모르고 있는 건 정말 다행이야. 만약 시시비비를 가려서 둘 중 한명이 확실히 잘못했다거나, 아니면 입장 차이로 인한 싸움이라

둘 다 각자의 엄마를 편들 수밖에 없는 일이었다고 생각해 봐. 어쩌면 윤민이와 나는 잠시나마 '일시적 뻘쭘' 정도의 갈등 상황에 돌입했을 거야. 그래도 정말 다행인 건, 고맙게도 그런 내 맘을 읽었는지 윤민이가 정리를 해 주더라.

"솔직히 어른이라고 욱할 때가 없겠냐?"

윤민이가 먼저 '인간이면 누구나 그럴 수 있는 일반적인 일'로 둘의 싸움을 일단락했어.

"맞아! 난 기본적으로 어른들이 애들보다 더 유치하다고 봐."

"그런가?"

"어른들 남 눈치 되게 보잖아. 그러다 보니 솔직하지 못한 짓도 많이 하고. 그런 게 유치한 거 아니겠어?"

"허세? 그런 거?"

"뭐…. 그것도 해당되고."

"그럴 수 있겠다."

난 어른들을 유치하다고 매도하면서 자연스럽게 우리는 절대 유치하지 않기를 유도했지. 남의 싸움을 발판 삼아 우리 둘은 더 돈독해지겠다는 심보랄까?

"우윤민, 난 솔직한 게 좋아. 너도지?"

"그럼."

여기까지 얘기하고 우리는 싸우지 않고 잘 지낼 수 있다고 생
각했어. 내가 삶의 변수를 잘 다루는 편인가? 이렇게 자아도취
하기도 했지. 하지만, 인생이 그게 전부일 리 없잖아.

세상의 모든 것은 뒷모습이 있다

엄마가 프랑스로 돌아간 뒤 난 집으로 와 일상으로 복귀했지. 여름이 끝난 뒤의 세상은 여러모로 한결 원숙해진 것처럼 보였어. 치열하게 울던 매미도 사라지고 후끈하게 달궈져 휘어질 것처럼 보이던 아스팔트도 단단해 보이고 또 풋풋한 열매로 매달린 과실들도 좀 더 실하게 커지면서 무르익어가고 있으니까.

세상이 이렇게 보인다는 건 내 마음이 그렇다는 걸 증명하는 거 아닐까? 윤민이랑 나도 어느새 한 계절을 같이 넘긴 사이가 되면서 서로에게 익숙해지고 있었거든. 우린 서로 호흡이 잘 맞았어. 내가 '아!' 하면 윤민이가 '어!' 하는 사이랄까?

어느 주말 우리는 동우, 해주와 함께 놀이공원에 갔어. 진작부터 별렀던 데를 드디어 가게 된 거지. 게다가 동우가 공짜 티켓이 생겼다고 눈앞에서 흔들어 대는데 안 갈 수 없잖아. 다들 학원이 있었지만 가볍게 쨌지. 뭐든 우선순위라는 게 있으니까 말이야. 티켓이 한두 푼도 아닌데 어떻게 포기하겠냐고! 안 그래?

거품처럼 들뜬 놀이공원의 분위기 때문이었을까? 입장하는 순간부터 나도 모르게 기분이 부풀어 오르면서 미소가 저절로 지어지더라. 그건 다른 애들도 다 마찬가지였어. 비교적 차분한 캐릭터인 윤민이도 통통 튀는 발걸음으로 다니더라고. 완전히 신났지. 그렇게 우리 넷 다 흥분한 상태로 닥치는 대로 놀이기구를 타 댔어. 많이 타는 게 남는 거니까.

그런데 마지막 하이라이트 대목에서 예상치 못한 일이 벌어졌어. 커플끼리 둘씩 탄 대관람차가 공중에서 딱! 멈춘 거야. 처음엔 기분이 좋았어. 지상에서 제일 먼 높은 곳에 달랑달랑 매달려 호젓한 둘만의 공간을 보장받게 된 게 행운처럼 여겨졌거든. 곧 원상 복구될 줄 알았으니까.

대관람차를 타 봤다면 알걸? 높은 데서 내려다보이는 세상이 얼마나 비현실적으로 보이는지 말이야. 맨날 평지로 학교만 다니고 책상에 앉아 공부만 하는 우리로선 이렇게 허공에 매달려 있다는 게 완전 색다를 수밖에. 그러니 더 신이 났지. 치명적인 일만 아니라면 가끔 이렇게 일이 생겨 주는 것도 재미있잖아. 그건 동우와 해주도 마찬가지인 걸로 보였어. 걔들도 신이 나서 우

리를 보며 손을 흔들어 댔지. 서로 사진도 찍어 주고 키득대기도
하고.

그런데 멈춰 있는 시간이 생각보다 길어지는 거야. 관리자는
마이크로 고장 수리 중이니 안심하라며 시종일관 떠들어 댔어.
밑에서는 관계자로 보이는 사람들이 바삐 움직이는 걸 보니 슬
슬 걱정되기 시작했어.

"야, 우리 이러다가 저녁 뉴스에 나오는 거 아냐?"

동우가 전화를 걸어 떠들어 대더라고. 스피커폰이라 옆에서
해주가 징징대는 소리도 들렸어.

"학원 안 간 거 다 뽀록나겠네."

윤민이 역시 아무 말은 안 했지만 얼굴엔 긴장한 표정이 역력
했어. 하긴 나를 비롯해 다들 지금 학원에 있는 걸로 되어 있으
니 시간이 지날수록 초조해질밖에. 거기다 동우는 화장실에 가
고 싶다고 난리까지 치더라고. 긴장해서 그런지 안절부절못하다
보니 사실 나도 편치는 않았어.

그렇게 두 시간 정도가 지났나? 그제야 우린 간신히 지상으
로 내려올 수 있었지. 별일 없었고 놀이공원 측에서 택시비도 준
다고 했고 또 다들 아직 집에서 전화가 오지 않았으니, 서로 말만
잘 맞추면 되겠거니 했어. 그렇게 완전 범죄로 끝날 수 있겠구나

하고 안도했는데 동우가 우리의 희망을 박살 낸 거야. 화장실에
다녀오는데 사람들이 모여서 웅성거리는 게 보이더라고?

"학생, 왜 그래? 어디 아파?"

놀이공원 관계자 아저씨의 다급한 말투가 들리길래 놀라 달
려가 보니 세상에! 허우대가 멀쩡한 동우가 입술이 허예져서 바
들바들 떨고 있었어. 체격 좋은 남고생이 뭔 일이냐고 한마디 하
고 싶은 지경이었다니까.

"괜찮아요. 저희가 집에 데려갈게요."

우리는 주저앉은 동우를 부축하며 잽싸게 그곳을 벗어나려
했지만, 갑자기 웬 양복을 입고 무전기를 든 남자가 등장하더니
우리를 가로막았어.

"안 돼! 나중에 일 생기면 복잡해져. 이 학생 병원부터 보내!"

어느새 근처에 구급차도 와 있더라고. 결국 놀이공원 측의 우
려 때문에 동우는 병원으로 가야 했어. 물론 의리상 나머지 셋도
엮인 굴비처럼 줄줄이 구급차에 동승했고. 덕분에 완전 범죄는
성립되지 못했지. 병원이란 소리에 식겁해서 동우 엄마가 달려
왔고 뒤이어 해주 엄마도 왔어.

동우 엄마는 조약돌 아줌마와 연락하면서 '놀이공원에서 사
고가 나 애들 넷이 병원에 있다더라'라는 식으로 뭉뚱그려 말했

대. 해주 엄마에게도 비슷한 내용이 전달됐고. 일이 커지게 될 운명이었나 봐.

"애가 병원에 있다고 해서 얼마나 놀랐는지…. 아직도 심장이 벌렁거리네."

아픈 애가 해주가 아니란 사실을 알았음에도 불구하고 해주네 엄마는 줄곧 흥분을 가라앉히질 못하더라고. 급기야 이런 물으나 마나 한 질문까지 했어.

"대체 너희 놀이공원엔 왜 간 거야?"

무슨 대답을 듣고 싶었던 걸까?

혼잡한 와중에 조약돌 아줌마가 왔고, 맨 마지막으로 우리 아빠가 도착했어. 하지만 동우가 별 탈 없는 걸로 판명되었고 놀이공원 관계자에게 충분한 설명과 해명을 들은 부모님들도 안심하자 이내 파장하는 분위기가 되었지. 부모와 애들이 각자 짝을 맞춰 병원 주차장 쪽으로 가는데 그때 조약돌 아줌마가 느닷없이 우리 아빠한테 인사를 하는 거야. 그것도 무지 청량한 목소리로 말이야.

"형부! 아니, 헌수 선배! 안녕하세요?"

"어어어, 너!"

"어어어" 할 때 아빠의 동공이 심하게 흔들리더라. 그때 난 깨달았지. 아! 맞다. 우리 엄마랑 아빠는 캠퍼스 커플이니, 유추해 보면 조약돌 아줌마랑 우리 아빠도 아는 사이일 확률이 높은 거 잖아. 그리고 이내 또 한 가지 사실을 더 유추했지. 조약돌 아줌 마가 아빠를 '형부'라고 불렀다가 '헌수 선배'라고 정정한 건 엄 마의 남편으로서도 알고 그냥 학교 선배로서도 아는 사이란 걸 말이야.

"선배는 그대로라 금방 알아봤네."

"야! 너도 진짜 그대로다, 야!"

대체 뭐가 그대로라는 걸까? 대학생 때도 두 사람은 이 모습 이었다는 거야? 헐! 말이 돼?

윤민이와 내가 뻘쭘하게 서 있는데도 둘은 전혀 개의치 않고 비교적 오래 인사를 나누더라고. 필요 이상으로 호의적인 인사 를 나누는 걸 보고 있자니 약간 의아할 정도였어. 그러더니 급기 야 다음 만남 약속까지 그 자리에서 진도를 빼는 거야. 약간 불 길해지기 시작했지.

"선배, 다음 주에 우리 동아리 동기 모임 하기로 했는데 선배 도 나와요."

"너희 여태 모이는구나? 연락 줘. 다들 보고 싶네."

"메시지 드릴게요."

“그래, 그래. 야! 정말 반갑다, 야.”

이렇게… 이번엔 우리 아빠와 윤민이 엄마인 조약돌 아줌마가 친목을 도모하기 시작한 거지. 우리가 놀이공원에 가는 바람에 비극의 씨앗이 싹을 틔울 수 있었으니, 이건 우리 잘못인 거야? 아니면 우리가 이용당한 건가? 왜 이렇게 자꾸 원치 않는 일에 엮이는 걸까. 맘이 복잡하더라.

그 뒤로 내내 궁금했지만 참았어. 그동안 아빠 사생활에 전혀 관심 없던 내가 새삼스럽게 동아리 모임에 갔는지, 거기서 조약돌 아줌마와 만났는지를 물어볼 수는 없었어. 전혀 자연스럽지 않은 일이잖아. 그렇다고 ‘만나시면 아니 되옵니다’ 할 명분도 없고. 엄마와 그 아줌마가 안 좋게 끝났다며 슬쩍 말을 붙여 볼까 생각도 했지만 괜히 엄마 이야기를 꺼냈다가 혹을 붙이게 될까 봐 또 참았지.

하지만 내가 굳이 묻지 않아도 존재가 분명한 그 싹은 무럭무럭 자라고 있는 눈치더라. 두 사람이 친하게 지내는 것 같더라고. 어떻게 알았냐고? 우리 아빠는 얼굴에 감정이 그대로 드러나는 편이거든. 감정의 바로미터가 투명해서 다 보여. 갑자기 기분이 좋아진 아빠가 콧노래도 부르고 포털에서 찾아서 배운 아재 개그를 나한테 연습용으로 막 날리더라고. 밤 약속으로 귀가가 자주 늦기도 하고 여러모로 아빠한텐 새로운 변화가 생겼어. 어느 날 나에게 의도가 궁금한 질문을 하는 거야.

"너희들 놀이공원에 왜 넷이 간 거야?"

"놀이공원은 여럿이 가는 게 제맛이거든."

"아니…. 너희 커플이야?"

"왜? 새삼스럽게?"

"동우 엄마가 물어보더래."

아! 이 대목에서 아빠가 동아리 모임에 나가서 조약돌 아줌마와 만났다는 것을 확신했지. 그렇잖아. 동우 엄마 이야기는 분명 조약돌 아줌마한테 들은 걸 테니까.

"원래 우리 넷이 친해."

동우 입장도 있을 텐데 내가 해주와 동우가 사귀는 중이라고 말하면 일러바치는 게 될 것 같아 일단 말을 돌렸어.

"그러니까, 너희들 학원 친구라 사이만 좋은 거지? 남녀 짝짓거나 그런 건 아니고?"

결국 이거구나 싶더라. 질문의 의도 말이야. 아빠의 질문엔 의도가 너무 잘 보여. 우리가 학원 친구이기만 했으면 좋겠단 소리를 저렇게 하는 거잖아. 차라리 대놓고 사귀는 거 아니냐고 물어보든가. 물론 나도 답할 처지는 아니지만 말이야.

"둘은 남자고 둘은 여자니까 남녀는 맞잖아."

"그걸 누가 몰라? 사실은 동우가 해주랑 사귀는 것 같다고 개네 엄마가 걱정한다더라. 밤에 잠도 안 자고 핸드폰만 하고 공부도 안 하고. 뭐라 하면 막 성질내고 생전 말대답도 안 하던 착한 애였는데 애가 아주 이상하게 변했다네."

"아니, 사귈 수도 있지. 변했다는 건 또 뭐야? 해주가 이상하게 만들었다는 거야?"

"야! 그래도 부모 입장에서야 애가 휙 변하면 애가 왜 이러나 하면서 주변을 캐게 되지. 안 그러겠냐?"

"여자 친구가 무슨 악성 바이러스야? 크면서 이렇게 저렇게 변하기도 하는 거지 뭘!"

"그래도 아니야. 연애는 나중에 하는 게 정답이야. 너희들 나이 땐 여러모로 아니라고 본다. 엇나가기 딱 좋아."

그러더니만 아빠는 나하고 눈을 맞추고 다시 한번 쐐기를 박더라. 머리까지 절레절레 흔들면서.

"아냐. 아닌 거, 해랑이 너 알지?"

난 이 마지막 대사가 아빠가 말하고 싶은 결론이란 걸 깨달았어. 전에 언젠가 티브이를 보던 아빠가 청소년 인권이 어쩌고저쩌고하면서 애들을 자율적으로 키우지 않는 건 제대로 못 크게 만드는 거라고 그랬었거든? 심지어 거창한 말로 이렇게 떠벌렸던 것도 기억나. 분명히.

"이성 교제, 그것도 결국 인생의 길목에서 마주치는 일인데 억지로 막는 건 그건 일종의 폭력이지."

내가 속으로 '멋진데?' 하고 감탄했었는데. 이제 와서 딴소리? 이렇게 이율배반적이라니… 정말 실망이야. 그뿐이 아니야. 엄마랑 이혼한 문제에 대해서도 자식 인생과 부모 인생은 별개라면서, 편을 확실하게 갈라서 이해해야 한다고 그동안 수없이 말했었다고. 고등학생은 결코 어린 나이가 아니라며. "엄마가 없어도 넌 이제 스스로 선택하고 결정할 수 있어야 해"라고 못 박듯이 말하기도 했고. 그런데 지금은 완벽하게 다른 말을 하고 있잖아.

"아빠! 완전 앞뒤가 안 맞는 거 알아?"

"뭐가?"

"전에 아빠가 애들은 자율적으로 키워야 하고 결정권도 줘야 한다고 그랬잖아. 13층 사는 오빠가 연애하다 대학 떨어졌다고 할머니가 욕하니까 존중해 줘야 하니 뭐니 하면서 인생은 근시안적으로 보는 게 아니라더니…."

"사람이 어떻게 한 입 가지고 한 가지 말만 하겠냐? 다 그런 거지."

"헐!"

"암튼 때가 아니야, 때가! 뭐든 적합한 때란 게 있는데 그걸 굳이 무리해서 미리 할 게 뭐야?"

"그러니까 그 때라는 걸 부모 맘대로 임의로 정하면 그건 엄밀히 원천 봉쇄잖아. 아빠가 나한테 고등학생은 어린애가 아니라며? 스스로 선택하고 결정할 수 있는 나이라더니?"

"그래. 애가 아니니까 막는 거야. 아주 애도 아니고 그렇다고 어른도 아닌데…. 암튼! 그러니까 원천 봉쇄해야지. 원래 부모가 그거 하라고 있는 거야."

"아빠 지금 완전 앞뒤가 안 맞는다니까."

"앞하고 뒤가 어떻게 맞냐? 앞은 앞이고 뒤는 뒤지."

"아! 뭐야."

"야야! 너도 부모 돼 봐라. 원래 부모 사랑이 그런 거야. 남의 집 애는 돼도 우리 애는 안 되는 거지. 나만 그런 줄 아냐? 다 그래. 동기 모임 가 보니 부모란 사람들은 다 똑같이 그러더라."

세상 모든 것엔 다 뒷모습이 있다지만 그중에서도 부모의 사랑이라며 내보이는 이율배반적인 뒷모습이 어떨 땐 제일 흉한 것 같아. 내숭 범벅인 데다 이기적이기까지 하니까. 그럴 바에야 차라리 엄마처럼 대놓고 이기적인 게 차라리 더 나을지도 몰라.

그러고도 아빠는 다시 한번 확인할 요량인지 마지막에 내 방 문 고리를 잡고 고개만 넣은 채 또 묻더라.

"암튼, 결론적으로 너랑 윤민이는 사귀는 거 아니지?"

그러고는 내 답은 아예 애초부터 들을 생각도 없었다는 듯이 문을 바로 닫더라? 그건 뭐겠어? 다른 말로 '너희들 사귀지 마'인 거지. 그날 아빠의 행동이 더 많은 걸 함축하고 있었던 건 나중에야 알게 되었어.

부디… 쫄지 말기를!

　모의고사 전날이라 일찍 자려고 누웠는데 메시지가 왔어. 봤더니 동우인 거야. 의외였어. 깊은 밤에, 그것도 동우가 만나자니? 설마 나한테 모의고사 관련해서 물어보려는 건 아닐 테고. 뭐지? 이런저런 추측을 하면서 아파트 놀이터로 나갔지.

　어둑한 놀이터 구석, 가로등 불 아래 고개를 숙이고 서 있는 동우의 모습은 전에 내가 알던 애 같아 보이지 않았어. 뭐랄까, 진지함으로 온몸이 구워져서 단단한 표피를 가진 갑각류 같아 보였달까. 그런 게 한눈에 보이냐고? 보이더라고. 그만큼 진지했어. 선뜻 말 붙이기 힘들 정도였다니까? 오죽하면 내가 첫말을 이렇게 꺼냈겠어?

"거기… 너… 진짜 김동우 맞니?"

동우가 나직한 목소리로 전한 서론, 본론, 결론은 이거야. 동우네 엄마가 조약돌 아줌마에게까지 고민을 토로할 정도로 해주와의 연애 사건을 문제 삼다 급기야는 이런저런 조치를 했어.

우리가 같이 다니던 학원은 이미 일방적으로 끊어 버린 뒤고 과목별로 과외를 등록해 놔서 방과 후엔 아예 집 밖으론 나갈 수 없게 만든 거야. 일종의 포박인 셈이지. 워낙 동우가 공부로 이름을 날렸던 애라 기대치가 높은 건 알지만 신체 이동권까지 제한받는 건 너무 심한 거잖아.

게다가 더 문제가 된 건 동우 엄마가 해주 엄마한테 협조를 구하는 중에 해주 엄마의 자존심을 심하게 건드린 거지. 아마 해주의 성적을 들먹인 모양인데 그 바람에 해주 엄마는 빈정이 많이 상해서 해주에게 화풀이했고, 그 일이 기폭제가 되어 해주네 집에서 한바탕 분란이 일어났나 봐. 결과적으로 해주가 동우에게 헤어지겠다고 폭탄선언을 했대.

"정말? 안 만난다고? 설마 그게 해주 진심이래?"

"난 아니라고 봐. 암튼 해주가 내 전화를 안 받아."

나 역시 해주가 진심은 아니란 생각이 들었지. 그러니 둘 다

지금 얼마나 애끓는 마음들일지 단번에 이해가 가더라. 동우는 이내 단호하게 말하기 시작했어.

"이건 아닌 것 같아. 그래서 난 행동으로 보일 거야."

"어떻게?"

"내일 모의고사를 안 볼 거야."

"정말? 아니… 말고 다른 방법은 없을까? 자해 공갈단도 아니고…. 모의고사 안 보면 결국 네 손해잖아."

난 평상시에 '이에는 이, 눈에는 눈' 식의 맞불 작전을 찬성하는 편이 아니거든. 되도록 연착륙을 할 수 있는 우회적인 방법을 찾는 게 좋잖아. 아빠가 '너희 사귀니, 안 사귀니?' 하고 물었을 때도 즉답을 안 한 이유는 불필요한 공격으로 내 앞길을 막고 싶지 않아서였거든.

그런데 모의고사를 안 보겠다니? 그건 원하는 걸 안 들어 주면 밥 안 먹겠다고 떼쓰는 애 같지 않아?

"생각해 봤는데 지금으로선 그거밖에 없어. 엄마가 제일 겁내는 게 그거라서."

모의고사가 성적에는 반영이 안 되지만 그래도 모의고사를 안 본다는 건 동우 자신이나 엄마 입장에서도 사실 엄청난 반항으로 간주되는 일이니 동우 엄마의 협박에 비견할 만한 체급이

긴 하겠지.

"그건 그렇네."

그다음 동우의 용건은 나한테 핸드폰을 빌려달라는 거였어. 해주와 통화해서 해주를 설득하겠다는 거지. 해주도 홧김에 관계를 단절한 거지 진짜 동우가 싫어서 안 만나겠다는 건 아닌 듯 보였으니까.

둘은 한참 이야기를 나누더라. 뭔가 의논하는 모양새였어. 물론 난 조금 멀찌감치 앉아 있었지.

벤치에 앉아 밤하늘을 바라보는데 서글픈 생각이 들더라. '과연 이런 일이 맞는 건가?' 그런 근원적인 질문을 하게 됐어. 학생이기 이전에 우린 천부 인권을 가진 존재인데 이런 구차한 대접을 받아도 되는 걸까? 물론 우리에겐 백 퍼센트의 자유와 권리가 있는 게 아니라서 놀이공원 하늘에 동동 매달리면서도 들킬까 봐 전전긍긍하긴 했지만.

그렇다고 마음을 나누는 일까지 드라큘라처럼 음지로만 다니면서 몰래 하는 건 정말 아닌 것 같아. 왜? 그건 마음이니까. 우리 마음을 살찌우고 폭을 넓히고 자라게 하는 말랑말랑한 마음이 바로 사랑인데 말이야. 안 그래?

집에 가두겠다니… 그거 진짜 잔인한 일이잖아. 억지로 되냐고? 물 나오는 수도꼭지를 손가락으로 틀어막아 봐. 그런다고 비집고 나올 게 안 나오겠냐 말이야. 결국에는 '팍!' 하고 터지거든.

살아 있는 모든 존재는 다 자기 방식대로 움직이게 되어 있다고 난 생각해. 어른들은 왜 그걸 모르고 짓누르려고만 하는 건지 진짜 모르겠어. 물론 우리 아빠는 지금은 때가 아니라고 했지만 그건 우리에게서 자율을 뺏는 일이야. 연필 깎는 칼이 위험하다고 뺏어 가고 남이 깎아 주는 연필만 쓰라고 하면 나중에 연필깎이가 없을 때 어떻게 되겠어?

"와, 우리 동우 멋진데?"

동우에게서 핸드폰을 건네받으면서 나도 모르게 감탄했지. 평상시에 하던 말이 아니라 쑥스러울 줄 알았는데 마음에 넘쳐서 솟구치는 말은 원래 자연스러운 법인가 봐.

"응원해 줘서 고맙."

"어떻게 그런 생각을 다 했어?"

"이건 단순히 연애의 문제가 아니라, 내 존재의 문제거든. 난 지금 뿌리를 내리는 중인데 남들이 쥐고 흔드는 대로 방향을 휙휙 틀 수는 없잖아."

"뭐야! 그 말은 더 멋진데?"

 씁쓸한 사랑에 달콤한 해독제를

“알아줘서 고맙. 잘 들어가고.”

동우와 헤어지며 다시 돌아보니 동우를 갑각류처럼 단단하게 만든 건 단순한 진지함이 아니라 투지였구나 싶더라. 자기 삶을 온몸으로 버티겠다는 투지. 짜식! 어디서 저런 용기가 나온 걸까?

놀이공원에 갔던 날, 난 사실 대관람차에서 내려왔을 때 입술이 파래진 동우를 보고 속으로 허우대만 멀쩡한 졸보라고 생각했거든. ‘에휴, 공부 좀 한다고 너무 오냐오냐하고 큰 거 아냐?’ 이런 생각도 했어. 근데 그게 아니더라고. 나중에 들었는데, 동우는 선천성 심장판막증으로 어릴 때부터 주사랑 약물복용 치료를 해 왔대. 거의 다 나아서 지금은 약만 먹는 중인데 그땐 심인성으로 인한 순간적인 증세가 나온 걸 거라고 했대.

암튼 그날 밤엔 괜히 나까지 잠을 설쳤어. 동우가 자기 삶을 지키려는 줄다리기에서 승자가 되길 응원하면서 말이야.

다음 날 시험을 보고 오후에 윤민이와 만났어. 일단 시험은 끝났으니 홀가분했지만 우리 둘 다 동우와 해주 소식에 마음 한 구석은 무거웠지. 알고 보니 모의고사를 안 본 건 동우만이 아니었어. 해주도 동참한 거야. 추측하건대 둘은 진심으로 원해서 이별한 게 아니었기에 더 뜨겁게 불타올랐을 거야. 원래 뜯어말리면 더 가까워지기 마련이거든. 암튼 둘은 등굣길에 만나 춘천행 기차를 탔대.

"와, 좋았겠다!"

난 기차를 탄 사실에만 초점을 두고 반응했지. 너무 비극적으로만 볼 일이 아닌 것 같았거든.

내 목소리가 너무 경쾌했나? 윤민이가 야단치듯이 내게 말하더라. 내 말이 끝나기가 무섭게.

"야, 좋긴 뭐가 좋아? 좋았겠냐고!"

윤민이에게 면박을 당하니 좀 민망했어. 평상시의 윤민이에게서는 본 적이 없는 까칠함이었거든.

나 역시 발끈했지.

"뭐야! 그 정도는 나도 알아."

놀라운 건 윤민이는 내가 발끈했단 사실조차도 감지 못할 만큼 뭔가에 골똘해 있더라고. 그야말로 자기 머릿속 돌아가는 데에만 신경을 쓰고 있는 거야. 의아함에 옆에 앉아 눈을 치켜뜨고 윤민이 얼굴을 빤히 바라봤지. 그것조차도 윤민이는 모르더군. 그러더니 혼잣말로 뇌까리는 거야.

"그날 놀이공원에 가지 말았어야 해…"

나… 정말 서운했어. 윤민이를 만난 이후 처음으로 스산한 바람이 휘 하고 내 가슴을 훑고 지나가는 기분이었다니까. 윤민이로 인해 늘 보송보송한 솜털 같아진 나를 느꼈는데.

뭐가 서운했냐고? 난, 아니 우린 그날 정말 즐거웠거든. 처음 같이 간 놀이공원에서의 추억이 내 맘속에서 아직도 탄산 기포처럼 바글바글 즐거운 비명을 지르고 있는데 그 뒤에 이런 일이 벌어졌다고 그 시간 전체를 다 부정하는 거잖아. 거기에다 오늘 내내 안 좋은 표정인 것도 별로고 말이야.

"야! 윤민, 이미 벌어진 일이야."

"누가 몰라?"

"알면 넘겨. 그러니까 넌 들키지 말았어야 한다는 거야?"

"…."

"동우랑 해주 잘하고 있잖아."

"그게 잘하는 거야?"

"대체 뭐가 문제란 거야?"

난 걔들이 잘하고 있다고 생각해. 적어도 끌려가고 있진 않잖아. 물론 나도 알아. 윤민이의 후회는 안타까움에서 나온 거란 거. 하지만 대체 뭣 때문에 저렇게까지 안타까워하는 걸까? 동우와 해주가 모의고사를 못 본 게 윤민이 마음에 그렇게 걸리는 걸까? 그건 아닌 것 같은데. 윤민이가 좀 이해가 안 가더라.

그 뒤로도 말이 이상하게 계속 엇나가서 두 번 정도 실랑이를
더 했어. 안 되겠더라고. 기분 전환이라도 하자 싶어 아이스크림
이나 먹자며 상가 쪽으로 이끌었지. 그런데 갑자기 누군가 윤민
이 등을 쳤어.

"어? 엄마."

윤민이의 말에 돌아보니 조약돌 아줌마가 서 있었어. 난 고개
숙여 인사했지.

"해랑이구나. 근데 너희 어디 가?"

한눈에 보기에도 조약돌 아줌마는 표정이 좋아 보이진 않았
어. 동우랑 해주 이야기를 들었을 테니까. 모르긴 해도 우리 학군
쪽 아는 엄마들은 다들 개들 얘기로 분주했을 거야.

"아니⋯."

윤민이는 말을 잇지 못했어. 내가 대신 대답했지.

"우리 아이스크림 먹으러 가던 중이에요."

"너희 오늘 시험 보느라 피곤했을 텐데⋯. 나 지금 집 가는 길
이거든. 아이스크림은 차에서 먹든지."

세상에, 우리가 아이스크림이 목적이겠어? 어른들이 커피숍
에 오로지 커피 한잔 마시자고 가는 게 아니듯이 말이야. 차에서
아이스크림을 먹으라니⋯. 우리가 어린애냐고. 정말 어이없었지.

 쓸쓸한 사랑에 달콤한 해독제를

난 우리끼리 더 놀다 가자는 의미로 윤민이의 팔을 살짝 잡았어. 내가 자기 팔을 잡은 게 무슨 의미인지 모를 리 없을 텐데도 윤민이는 아무 반응을 안 하고 계속 뭉그적거리고만 있더라. 그렇다고 내가 또 말하기도 그렇잖아. 이미 난 아이스크림 먹으러 가는 중이라고 얘기했었는데도 밀린 뒤라서. 아줌마가 재촉하듯이 말했어.

"윤민아 가자. 집 가서 엄마 차에 액자 좀 실을 게 있거든. 얼른들 움직여. 길가에 주차해 놔서."

우린 자동차 뒷자리에 실려 가는 내내 아줌마의 모의고사 관련 질문에 답해야 했어. '지금 너희에게 중요한 건 오로지 모의고사뿐이란다'란 분위기를 조성하기 위한 질문 같았지. 그리고 자연스럽게 뒤이어 나온 빅 이슈!

"동우랑 해주는 뭔 일이라니? 정말 세상에… 지금 난리가 났어. 동우 엄마랑 해주 엄마… 기절 직전이야."

대비 효과라고 알지? 모의고사의 중요성 뒤에 나온 동우와 해주의 일탈은 더더욱 대비되면서 둘은 '그야말로 몹쓸 짓을 한 아이들'로 결론지어졌어.

"걔네가 그런 사이인 줄은 몰랐는데…. 아니, 그래도 시험은 봐야지. 그게 말이 되냐고! 엄마들이 얼마나 놀라셨겠니?"

조약돌 아줌마는 혼자서 한참 분개하다 신호 대기에 걸리자 한숨을 푹 쉬더니 백미러로 우리를 보면서 물어봤어.

"혹시… 너희는… 사귀거나 그러는 건 아니지?"

우리 둘 다 눈을 피하자 이번에 조약돌 아줌마가 꼭 집어 윤민이를 보면서 또 묻더라.

"우윤민?"

그러자 윤민이가 우물거리면서 답했어.

"아니에요."

순간 숨이 멎는 줄 알았어. 물론 나도 알지. 지금 이 대목에서 '사귀는 중이에요'란 말이 나올 처지가 아니란 것쯤은 말이야. 하지만 그래도 바로 앞에서 나를 부정하는 말을, 그것도 남자 친구 입을 통해 직접 듣는다는 건 정말 잔인한 일이더라.

난 눈을 둘 데가 없어 차창 밖만 무심히 바라봤지. 소리 없이 보는 길거리의 이런저런 모습들이 슬픈 영화의 한 장면 같아 보였어. 이내 서운한 맘에 목울대가 뻐근해 오더라. '아'와 '니' 사이를 이었던 길고도 불쾌한 억양이 나를 더 슬프게 했어. 눈물이 고였을까? 아니, 자존심 때문에 꾹 참았어.

"그렇지?"

조약돌 아줌마는 안심하며 얼굴이 밝아졌고, 곧 난 차에서 내

   씁쓸한 사랑에 달콤한 해독제를

렸지. 집에 어떻게 왔는지 기억도 안 날 정도로 충격이었어. 내리고 얼마 안 돼서 윤민이한테서 메시지가 오더라. '미안'이라고. 그 뒤에도 '어쩔 수 없었어' 등등의 말들이 이어졌어. 맞아. 어쩔 수 없었을 거야. 둘러대는 타이밍이잖아. 우리 모두 더러더러 분란을 일으키기 싫어서 맘에 없는 말을 하잖아. 그런 걸 '작전상 후퇴'라고도 표현하고. 나도 아빠한테 그랬으니까.

하지만 그게 또 그렇잖아. 어른들은 거짓말이라고 몰아세우지만 솔직히 우린 단지 학생이란 을의 입장 때문에 솔직히 말할 수 없을 따름이거든. 그러므로 우리들의 거짓말은 어른들이 허세 때문에 하는 거짓말과는 질적으로 달라. 우리의 경우는 생존을 위한 거니까. 게다가 윤민이의 경우는 아빠가 세상을 떠서 엄마랑 단둘이 살기 때문에 더 엄마 눈치가 보인다고 이야기한 적이 있거든. 그래서 그랬으려니 하고 이해는 해 보지만… 서운하고 슬픈 건 어쩔 수 없었어.

잠자리에 누워 낮에 벌어진 일을 돌이켜 보려니 나도 모르게 자꾸만 불길한 기분이 들었어. 윤민이가 자기 엄마 앞에서 긴장하며 파르르 떨듯이 '아니에요'라고 외치던 기억이 무한반복으로 떠올랐지. 만약에… 뭔 일이 생기면 새벽닭이 울기 전부터 수백 번은 나를 모른다고 할 것만 같아서 말이야.

그리고 또 만약에 윤민이가 동우처럼 자기 엄마한테 연애 금지라며 포박이라도 당했다면 과연 어땠을까 상상해 보니 그건 더 비극적이었어. 동우처럼 모의고사를 째고 나와 함께 춘천행 기차를 탔을까?

아무리 생각해도 안 그랬을 것 같아. 그러고 보면 오늘 윤민이가 '놀이공원에 가지 말았어야 해' 하고 정도 이상으로 후회한 건 동우와 해주 때문이 아니라 자기 문제를 거기에 대입한 게 아닐까 싶어. 그런 애가 과연 동우 같은 일을 벌일 수 있을까?

아니, 아니! 이런 가정은 하는 게 아니야. 옳지 않아. 일어나지도 않은 일인데. 이건 '엄마랑 아빠가 물에 빠지면 누굴 구할 거야?' 하고 물어보는 치사한 질문과 다를 바 없잖아. 난 얼른 그 생각은 접어 버렸어.

베개에 머리를 파묻어 봤지만 어제에 이어 오늘도 잠이 안 오더군. 마음 한구석 어디쯤에 무거운 추가 달린 듯해서 말이야. 하지만 난 그 추를 모른 척하는 중! 사람은 자기 자신조차도 속이고 싶을 때가 있거든.

아는 사람은 알 거야. 그게 얼마나 고독한 일인지…. 정말이지 난 찌질하게 쫄고 싶지 않다고! 사랑이 온다면 당당하게 맞이하고 거침없이 표현하고 씩씩하게 지켜 낼 거야. 그게 사랑에 임하는 나의 자세라고 처음부터 난 다짐했잖아.

　오늘이야 그랬다 치고 앞으로는 부디⋯ 내 남친 우윤민이 쫄지 말기를⋯!

우리가 전쟁을 해야 하는 이유

난 '아니에요'라고 한 윤민이와 달리 남자 친구가 있다는 사실을 당당하게 밝혔어. 물론 자발적으로 공표한 건 아니고, 우리 엄마가 또 한번 계기를 제공했다고나 할까? 엄마 덕에 본의 아니게 밝히게 되었거든.

엄마는 나한테 전화해서 대뜸 전학을 권하더라고. 사실 엄마는 내년 초에 완전히 귀국할 예정이거든. 어느 호텔에서 푸드 스타일리스트로 일하게 되어서 서울 어디쯤엔가 집을 미리 구하는 중인데 나를 동거자로 정했다고 일방적으로 통보하는 거야. 그것도 아주 맑고 청량한 목소리로 말이야. 그러면서 "학기 중 전학도 가능한 거니?" 하고 묻더라고. 아니! 난 그러고 싶지 않아. 그래서 단칼에 거절했어.

"엄마, 그건 아니야. 난 싫어."

엄마는 내가 거절할 거라곤 아예 상상조차 못 했나 봐. 너무 놀란 눈치였어. 영상 통화 중이었는데도 엄마 어깨가 5센티미터는 올라갔다 내려간 것만 같았어.

"왜? 왜 싫어? 어떻게 싫을 수가 있어?"

"엄마, 이건 싫고 좋고의 문제가 아니야."

난 차분하게 전학이 현실적으로 얼마나 어려운 일인지를 강조했어. '전학은 내 삶의 축을 옮기는 일이다. 더욱이 입시를 앞둔 나로선 환경을 바꾸는 건 간단한 일이 아니다. 전학 가서 적응하는 시간이 얼마나 오래 걸리는지 아느냐' 등등.

아! 그리고 여태 나를 키워 준 아빠랑 나를 살갑게 물고 빨고 사랑해 준 친할머니랑 고모를 두고 엄마한에 냉큼 갈 수는 없어. 엄마가 소외감을 느낄까 봐 차마 말은 못 했지만.

하지만 엄마는 막무가내였지.

"입시 때문에 서울로 일부러 이사하기도 하는데 뭔 소리야? 서울에 좋은 학원이 얼마나 많은 줄 아니? 네가 원하는 데 다 보내 줄 수 있어."

"엄마 나도 그거 아는데, 싫어."

"해랑, 뭐 엄마한테 섭섭한 게 있어? 너한테 좋은 건 다 알아서 해 주잖아. 어떤 엄마가 철철이 유행하는 아이템 뒤져서 사주고 콘서트 티켓도 수소문해 주고. 안 그래?”

“섭섭할 게 뭐 있다고? 엄마, 그냥 내 상황이 그렇다는 거야.”

“그럼, 엄마 혼자 살라고? 어우, 야.”

엄마의 콧소리에 나도 마음은 아팠어. 맞아. 엄마는 나한테 좋은 걸 다 알아서 챙겨 주는 편이야. 하지만 엄마의 친절은 약간 불편한 데가 있거든. 내 상황이나 욕구를 고려하지 않은 일방적인 배려가 많지. 그래서 그게 오히려 통제로 느껴질 때가 자주 있어. 내 자율성을 침해하니까.

“너 어차피 이 학교에서 친하게 지내는 애도 별로 없지 않니?”

“아냐! 나 친구 많아. 남친도 있고….”

“어? 박해랑, 너 남친 있어?”

“어. 있어.”

나 이 대목에서 묘한 성취감 같은 걸 느꼈다? 누구처럼 ‘아니에요’도 아니고 또 동우랑 해주처럼 엉겁결에 들킨 것도 아니고 당당하게 내 입으로 말했잖아. 물론 엄마가 내게 말할 기회를 준 거지만.

“정말?”

“그럼!”

 씁쓸한 사랑에 달콤한 해독제를

"그래서 전학이 싫다고?"

"아니. 전학은 그거랑 별개야."

엄마의 표정이 얼음장처럼 싸늘해진 걸 볼 수 있었어. 우리 엄마는 감정을 숨기는 스타일이 아니거든. 아무 말 없이 가만히 나를 바라보기만 하는 엄마. 속으론 약간 '후덜덜' 했지만 난 그 시간을 견뎠어. 알잖아, 그 시간이 얼마나 길게 느껴지는지 말이야.

전엔 엄마 말에 거절을 진짜 못했거든. 그러면 안 된다고 생각했던 것 같아. '자식이니까 엄마 말 들어야지' 하고. 아마 전 같았으면 이쯤에서 바로 엄마 비위를 맞추느라고 맘에 없는 소리를 하거나 '생각 좀 해 볼게'라며 결정을 유예하거나 그랬겠지.

근데 그게 아니란 생각이 들었어. 엄마 비위를 맞추는 게 효도야? 그건 아니잖아. 내가 싫은 걸 하게 되면 내 안엔 불평이 싹 틀 테고 결국 곪아 터질 텐데? 그렇다면 그건 모두에게 안 좋은 거잖아. 맞아, 동우 말처럼 우리 다 뿌리를 내려야 하는 시간이니까. 휘둘리는 건 옳지 않아.

"박해랑, 너 많이 변했다."

엄마의 언짢은 표정과 말투를 난 또 견뎌 냈어. '부디 아부하지 말지어다' 내 스스로에게 명령을 내리면서 말이야.

“엄마! 나 성장하는 중이잖아.”

“…일단 알았어!”

결국 엄마는 샐쭉해서 전화를 끊었지. 난 속으로 ‘아싸’ 했어. 물론 마음 한편은 불편했지만 견디려고 해. 인간은 선택의 불안을 통해 비로소 자유를 경험한대. 난 이 시간, 이 불안을 견뎌서 나의 자율성을 지켜 낼 거야. 시키는 대로만 하지 않을 힘을 가지려는 거라고. 이렇게 견디면서 나는 점점 단단해지겠지?

그다음 날 아침에 아빠 차를 타고 가는데 아빠가 전학 문제를 물었어. 그래서 단호하게 나의 입장을 전했더니 내리기 직전에 아빠가 묻더라.

“너 엄마한테 남친 있다고 했다며?”

“응.”

“걔 아니라던데? ‘온리 프렌드’라고 했다던데? 이거 실시간으로 접수된 정보야.”

아빠는 핸드폰을 만지작거리면서 말했어. 조약돌 아줌마와 메시지를 나눈 걸까? 암튼 ‘실시간 정보’란 말에 열받더라. 내리기 직전에 난 분명하게 말했어.

“걔 아니라고 했어도 난 있어. 남친!”

“그게 뭐냐? 걔는 아니라는데… 쪽팔리게!”

“암튼 난 있는 걸 없다고는 말 못 해.”

교문에서 교실까지 걸어 올라가는 길이 유독 길게 느껴지더라. 그뿐이 아니야. 하루는 또 왜 이리 길던지. 학교가 끝나자마자 연락부터 해봤지만 받지 않아서 할 수 없이 윤민이가 다니는 독서실로 찾아갔어. 모의고사 탈주 사건(우리들 사이에선 동우와 해주 이야기가 이렇게 통해) 뒤로는 윤민이도 학원을 그만두고 독서실에 다니기 시작했거든.

그런데 윤민이를 불러 달라는 내 말에 독서실 알바생은 기다리라더니 아무 반응이 없더라고. 그 알바말이야. 내가 보기엔 컴퓨터 게임을 하는 게 분명했거든? 인내심이 바닥이 날 즈음 다시 한번 이야기하니까 알바생이 그러더라고.

“근데 왜?”

“왜냐니요?”

“걔를 왜 찾느냐고!”

“그거까지 말해야 해요?”

기막혀하는 내 얼굴을 빤히 들여다보던 알바생이 독서실 자리표 전광판을 들여다봤어.

“A-4번 우윤민…. 자리에 없는데?”

“뭐라고요?”

내가 쐿소리를 내며 물었지만, 알바생은 고리타분하게 생긴 까만 안경을 벗어서는 연신 자기 티셔츠에 안경알을 문대기만 하더라고. 진짜 어이없어! 독서실이라 더 따지지도 못하고 그냥 나왔어. 그리고 동우에게 연락해서 간신히 윤민이와 만날 수 있었지.

"미안, 학교에 폰을 두고 오는 바람에…."

오늘따라 녹색 칼라 티셔츠를 단정하게 목까지 채워 입은 모습이 아주 인상적이었지만 그것과는 별개로 윤민이는 내가 꼭 이기고 싶은 상대가 되었어. 그럴 수밖에 없잖아. 사실 그 알바생이 나를 열받게 만들지만 않았어도 내가 윤민이에게 그렇게까지 폭주하지는 않았을지도 몰라. 거기에 아빠가 오전에 전했던 '실시간 정보'가 떠올랐으니 불이 붙을 수밖에. 말이 곱게 나갈 리 없었지.

"그 독서실 자리에 있는지 없는지 다 체크가 되던데? 센서가 달렸나?"

"응. 자리 비면 바로 부모님께 문자가 가."

"대박! 하여간에 학생 편의 시설이라면서 뭐든지 다 부모 위주야."

"그래 봤자야. 뛰는 놈 위에 나는 놈은 반드시 있거든. 애들이 대타를 앉혀 놓기도 하고 쿠션으로 위장도 하고 심지어 센서 시스템에 오류를 일으키는 애들도 있어. 내 옆자리 놈도 나한테 서로 땜빵하자고…. 근데 걘 생긴 게 넘 튀어서. 알바생이 가끔씩 매의 눈으로 애들을 스캔하거든. 금방 걸리지."

윤민이는 그러곤 재밌다는 듯이 비실비실 웃더라고. 너무 비겁하잖아. 빈정이 상했어. 세상의 모든 비겁자를 다 처단하고 싶었어!

"잘들 한다. 왜들 그렇게 당당하지 못하고 구차하게 살아?"

"어? 무슨 소리야?"

윤민이가 놀란 토끼 눈이 돼서는 되묻더라. 하긴 평상시 같았으면 과부 사정 홀아비가 안다고, 우리끼리 재미있어 했을 이야기인데 느닷없이 내가 정색하니 놀랐겠지.

"엄마 무서워서 그러는 거야?"

"무섭다기보다… 일종의 효도지."

"거짓말하지 말고 그냥 약속 있다고 하면 되잖아. 나 만나는 것도 그래. 여친 만난다 그러면 되지 왜 말을 못 해?"

"솔직히 대한민국 고등학생 중에 여친 만난다고 당당하게 말하는 애가 몇이나 되냐?"

"헉! 너 같이 생각하는 애가 훨씬 드문 거 몰라?"

"설마…."

"우윤민! 동우 봐. 걔 얼마나 당당해? 언제까지 피할 건데?"

앗! 여기서 갑자기 동우 얘기가 튀어나올 줄은 나도 몰랐는데, 암튼 나왔어. 솔직히 나 걔들이 부러웠나 봐. 동우랑 해주는 그 사건 이후로 날로 일취월장하는 중이거든. 대놓고 손잡고 다니고 도서관도 같이 다니면서 승자 커플의 모범을 몸소 시전하고 다닌다고나 할까? 외국 하이틴 영화에 나오는 커플 같다니까. 남과 비교하고 싶진 않지만 내 눈앞에 보여서 저절로 비교되는 건 어쩔 수 없잖아.

"아."

윤민이는 할 말이 없는지 "아"라고 짧게 탄식하고 말았어. 갑자기 자존심이 막 상하는 거야. 분명 윤민이 자존심을 건드리려고 한 말인데, 막상 그 말을 뱉고 나니 오히려 내 자존심이 마구마구 구겨지는 기분이더라고. 추락해서 하수구에 콱 처박힌 느낌이랄까? 솔직히! 보통 이럴 때 "우리도 공표할까?" 이렇게 나와야 하는 거 아니니? 그런데 "아"라니….

"윤민이 너 그림 그리고 싶어 하잖아. 근데 엄마가 의대 가라고 했다고 네 적성에도 안 맞는 이과 공부하잖아. 마찬가지야. 허공에만 그림 그리지 말고 네가 좋아하는 걸 해. 이 길은 제 길이 아닙니다! 이렇게 말하고 너 잘하는 그림을 그려.”

아마 실망도 했고 자존심이 상하기도 해서 말의 초점을 돌렸던 것 같아. 사실은 윤민이 너의 미래를 위해 시작한 말이다, 그런 느낌으로.

“아빠 없이 엄마 혼자 날 키우시는데…. 차마 기대를 저버릴 수가 없어. 엄마는 그림 그려서는 먹고살기 힘들다고….”

“그럼, 네가 잘하지도 못하는 걸론 어떻게 먹고살라고? 이과 수학 자신 없다며? 그나마 잘하는 걸로 먹고살아야 잘 벌진 못하더라도 행복하기는 할 거 아냐? 안 그래?”

“그런데 엄마는 미대는 결사반대야. 의대가 자신 없음 경영학과라도 가래. 아님 복수 전공하면 되니까 아무 과나 일단 가라고….”

“너도 전쟁을 선포해! 근데 내가 보기에 넌 그냥 전쟁으로는 택도 없고, 혁명을 해야 해. 너 혁명과 개혁의 차이점이 뭔지 알지? 개혁은 고쳐서 쓰는 거고 혁명은 다 갈아엎고 다시 시작하는 거잖아. 너한테 필요한 건 후자야. 기본 전제가 안 되어 있거든.”

윤민이는 자존심이 상하는지 인상을 쓰고 물었어.

“뭘 보고 날 그렇게 판단하는 거야?”

"남의 다리만 긁으니까! 네 문제인데 왜 엄마를 계속 들먹여? 엄마가 미대를 반대하고 어쩌고저쩌고…. 네 인생 아니니?"

"…."

근데 한참 혼자 골똘히 뭔가를 생각하던 윤민이가 갑자기 묻는 거야.

"근데 해랑이 너… 나한테 화났어?"

헐! 새삼스럽게 뭐람? 아! 답답해! 대체 왜 내가 뭘 말하고 싶어 하는지 몰라? 아까 동우 얘기했을 때 이미 눈치챘어야 하는 거 아냐? 이제야 화가 났냐니?

이 대목에서 솔직히 말하자면, 요새 윤민이의 단점이 하나씩 보이기 시작했어. 진지함으로 보였던 건 다시 보니 소심함이고, 어눌한 말투는 매력 포인트가 아니라 소심함에서 나오는 머뭇거림으로 보인달까? 지금도 그렇잖아. 뭔 봉창이냐고! 결국 내 입으로 말했지.

"너 말이야. 오늘도 나랑은 그냥 친구라고 했다며?"

"그건…. 요새 분위기가 워낙 안 좋아서 굳이 지금 말해 봐야…."

"그럼 언제가 좋을 것 같은데?"

"그건…."

"넌 안 들키고 싶은 거지? 애들이 몰래 담배 피우는 것처럼? 뭐 굳이 부모님이 아셔봐야… 이런 생각? 난 우리 엄마, 아빠한테 말했어. 너랑 사귄다고. 그런데 넌 아니라고 했다더라? 내 기분이 어떨 것 같아?"

"미안해."

"당연히 미안해야지. 나는 있다는데 너는 없대! 그럼 난 누구랑 사귀는 거야? 유령이랑?"

"그러게나 말이야."

"우윤민, 너 그렇게 양다리 걸치면 결국 나중에 어떻게 되는지 알아?"

"양다리?"

"그래. 네 인생이랑 네 엄마 인생에 한 짝씩 걸쳐 놓고. 너… 그렇게 양다리 걸치다가 가랑이 확 찢어지는 수가 있어!"

"박해랑, 왜 그렇게 극단적이야?"

나 정도면 극단적인 것도 아니지만 극단적이어야 할 때는 극단적이어야 한다고 봐. 이쪽도 저쪽도 아닌 상태로 언제까지 있을 수 있어? 난 처음엔 엉겁결에 윤민이의 진로에 대한 이야기를 꺼냈는데 지금 생각해 보니 그 이야기는 적재적소에 나온 게 맞아. 내가 얼음장 같은 시간을 견뎌서 비로소 자유를 얻은 것처럼 어차피 윤민이도 고난의 시간을 겪어 내야 하니까. 그래야 당당하게 자기 인생을 살든 연애를 하든 뭐든 할 거 아냐?

"전쟁이 필요할 땐 해야 해. 넌 전에 놀이공원에 가지 말았어야 한다고 말했지만 그건 틀렸어. 놀이공원에 갔기 때문에 동우랑 해주는 자유로워졌잖아. 그렇게 본의 아니게 맞닥뜨린 현실과 대적하든, 아니면 우리 스스로 부딪치기라도 해야지. 안 그럼 우린 맨날 친구라고밖에 말 못 할 거고 넌 아마 영원히 계속 손가락 그림만 그릴 거야. 난 네가 누구에게도 보일 수 있는 그림을 그렸으면 좋겠어. 넌 모르겠지만 난 너 좋아하기 전에 네 그림부터 좋아했었거든?"

윤민이는 아무 말 없이 앞만 바라보고 있더라. 기분이 안 좋은 것 같았어. 어깨가 약간 들썩이는 게 분한 마음을 삭이는 것처럼 보이기도 했어. 그렇겠지. 누구든 인생까지 들먹이면서 이래라저래라 훈계질하면 자존심 상할 테니까. 안 그러면 바보지! 하물며 우린 맨날 하하 호호 하며 살갑고 정겨운 시간만 나누던 사이였으니 타격감은 더 클 거야.

그런데 어쩌겠어? 나하고 윤민이도 한번은 전쟁을 겪어야지. 가고자 하는 방향으로 가려면 물살을 거스르고 물 싸대기를 맞기도 하면서 힘주어 나아가야 하는 건데…

  씁쓸한 사랑에 달콤한 해독제를

솔직히 동우랑 해주도 얼마나 비장한 마음으로 기차를 탔겠어? 걔네도 쉽지 않은 일을 해냈잖아.

잠시 뒤에 윤민이가 가만가만한 목소리로 말했어.

"네가 한 말… 잘 생각해 볼게."

그러곤 "나 먼저 간다"라며 일어서서 가더라. 윤민이의 뒷모습을 보는데 내 마음이 애잔했어. 할머니가 나한테 느낀다던 그 짠한 마음? 그게 뭔지 알 정도로. 그건 윤민이에 대한 애잔함만이 아니야. 언젠가 내가 말한 적 있지? 윤민이 앞에 있을 때 비로소 탄생하는 새로운 나라는 자아들. 걔들까지 다 몽땅 합쳐서 애잔하게 느껴지더라고. 천애 고아가 된 기분. 결국 슬픔이겠지. 사랑은 단 만큼 쓴 거라더니….

그뿐이 아니야. 나 혼자 탄천가에 앉아 있으니 내 옆으로 시베리아 바람이 와서 질펀하게 놀다 가나 싶을 정도로 마음이 서늘해지기도 했어. 왜 안 그러겠어? 우린 맨날 헤어질 때면 '잘 가' 손 흔들고 또 그걸로 아쉬워서 길을 건너가서도 서로 손나팔로 '잘 가, 내 꿈 꿔' 이런 밀어를 나눴었는데…. 오늘은 이런 찬바람을 맞고 서 있다니… 좀 잔인하잖아!

그래도 내일은 내일의 태양이 뜨는 거니까. 이게 끝이 아니니까. 엔딩 크레딧이 올라가는 것도 아닌데 뭐! 이렇게 애써 나를

위로했지. 겨울을 이기고 싹을 틔우는 여린 잎새들도 나름의 치
열한 전쟁을 거치고 나왔듯이. 우리도 건강한 싹을 틔우려면 애
써야 해.

그래, 그게 우리가 전쟁을 해야 하는 이유지.

빙하기를 지나 봄으로

윤민이가 헤어지면서 나에게 했던 얘기 말이야. "네가 한 말 잘 생각해 볼게." 세상에! 얼마나 '잘' 생각하는 건지 열흘이 다 되도록 연락이 없더라. 나도 윤민이에게 '결론이 서면 그때 연락해'라고 메시지를 남겼거든. 그러니 내가 먼저 연락할 수도 없었어. 나도 자존심이란 게 있으니까. 그래서 내 다이어리에 이렇게 적어 봤어.

지금은 빙하기

그러고 나니 신기하게도 시간을 보내기가 괜찮아지더라. 빙하기는 말 그대로 모든 게 얼어 있는 상태잖아. 그건 모든 걸 유예할 수 있는 일시 정지 같은 상태라서 차라리 마음이 편해졌어.

난 냉동고 안에 맑고 단단하게 얼어 있는 얼음처럼 편하게 쉬는 거야. 녹아 없어지지도 않고 망가지지도 않은 채로 그 자리에서 말이야. 그러면서 '빙하기를 지나 봄은 언제가 될까?' 가끔 궁금해하기도 하고. 뭐, 적어도 내 생일이 있는 이달 말은 안 넘길 거란 확신이 있었으니까.

그러던 어느 날 해주가 전화했어.

"나 오늘 요양원 봉사인데 거기로 이따 올래? 야아, 얼굴 좀 보자."

콧소리까지 섞으면서 말하더라고. 요새 해주, 동우랑도 연락이 뜸했었거든. 모처럼 얼굴이나 봐야지 하고 나갔어. 어차피 텅 비어 있는 토요일 오후였으니까.

그런데 언덕을 올라서다 깜짝 놀랐어. 나도 봉사 시간 때문에 전에 와 봤던 요양원인데 완전히 달라져 있더라고. 낮은 회색 담장에 흐드러지게 꽃이 피어 있는 거야! 와!

가까이서 보니 그건 담장에 그려진 꽃 그림이더라고. 그 그림으로 인해 담장은 담장 이상이 되어 있었지. 순식간에 다른 세상으로 들어온 느낌이랄까? 그러면서도 뭔가 익숙함에 사로잡혀 잠시 멈춰 서 있었거든? 그러다 깨달았지. 담장 그림 속 한편에 소년 하나가 서 있더라고. 내가 아는 소년이었어. 맞아! 언젠가 윤민이가 그린 만화 속 바로 그 소년.

순간, 만화 속 소년이 뛰어나와 나를 맞으러 이곳으로 와 있는 건 아닐까 하는 상상이 들더라. 소년의 표정은 여전히 말하고 있었으니까.

'널 기다리고 있었어.'

내 가슴은 설렘으로 뛰기 시작했지. 벽 위의 소년은 내가 껴안기에 딱 맞는 키였거든. 내가 손을 내밀면 내 손을 잡고 어디로든 데리고 갈 듯한 소년의 품. 그리고 꿈꾸는 듯한 눈빛은 너무 많은 걸 담고 있어서 어떤 말도 필요 없을 것 같았어. 너무 로맨틱하지 않아?

그때 경비 아저씨가 내 옆으로 오더니 말했어.

"좋지? 자원봉사하러 온 학생이 그린 건데 보는 사람마다 다 좋다고 한마디씩들 하네! 어르신들도 아주 좋아하시고."

그러면서 이참에 요양원 강당 벽에도 그림을 그려 넣기로 했다며 자랑을 늘어놓는 거야. 내 어깨가 괜히 으쓱하더라. 윤민이에 대한 자부심과 고마움으로 가슴이 뻐근해질 정도였어. 이 그림이 나로부터 시작된 거란 생각은 선 넘은 거겠지? 몰라, 선 넘을래! 내 말을 듣고 용기를 내서 그린 거니까 그건 결국 나를 위한 일이라고도 볼 수 있을 거야. 그러니 해주한테 부탁해서 나를 이곳에 부른 걸 테고. 좋은 일이니까. 내 맘대로 생각할래.

'아, 이렇게 빙하기를 지나 봄이 왔구나.'

난 안도의 숨을 쉬었어. 이렇게 남들 앞에 내놓을 그림을 그렸다는 건 윤민이가 이제는 수풀 속을 자기 두 다리로 헤치면서 스스로 길을 찾아가고 있다는 의미니까.

그러다 고개를 들었는데 거짓말처럼 내 눈앞에 윤민이가 서 있더라. 아마도 어디선가 날 보고 있었나 봐. 우린 마치 처음 만난 사이인 양 인사를 나눴지.

"안녕!"

"안녕!"

이전과는 다른 '안녕' 같은 느낌. 이 드라마틱한 연출은 대체 누가 기획한 걸까? 동우 생각일까? 아님 해주? 그게 누구든 내 앞에 있으면 다 안아 주고 싶었어. 멋지더라고. 그간 꽝꽝 얼어 있었던 나의 시간이 위로받는 기분이 들었지.

"내 남친 멋진데?"

"후후."

"어떻게 이런 생각을 한 거야?"

"전부터 여기 회색 벽이 너무 삭막해서 생각은 했었어. 근데 실천에 옮기는 게 쉬운 일이 아니라서…. 근데 네가 나한테 보이지 않는 그림을 그리지 말라고 하길래… 보이는 그림을 그리고 싶어졌지. 그 길로 여기 찾아와서 그리게 해 달라고 말씀드렸어. 그리고 이거 봐라.”

윤민이가 내게 수줍게 내민 건 지역 신문이었어. 첫 장에 요양 병원 벽화 앞에서 배시시 특유의 미닫이 미소를 짓고 있는 윤민이 사진이 떡하니 있더라. 기사 제목은 ‘제 꿈은 세상을 밝게 채색하는 일’ 그리고 그 아래 부제목으로 ‘우리 동네 환경지킴이, 우윤민 군’ 이렇게 쓰여 있는 거야.

“와! 우윤민 제대로 터뜨렸는데?”

“그리고… 나 이제 이과 수학 안 한다?”

윤민이는 전부터 이과 수학 문제를 푸는 건 마치 뇌 주름을 쥐어짜는 고문을 받는 것 같다고 했었거든? 아닌 게 아니라 뇌의 주름이 펴져서인지 윤민이의 얼굴색이 무지 밝아 보였어. 말투도 전보다 통통 튀는 것 같고. 한마디로 명랑해졌는데 행복한 뇌의 여파가 이런 거구나 싶었지. 난 윤민이의 등을 두드려 주면서 말했어.

“애썼네.”

“그림을 그리면서, 덕분에 나 자신에 관한 것까지 아주 분명해졌어.”

자기 색깔을 분명하게 드러내 만천하에 공표한 것이 엄청난 효과를 이뤄 냈나 봐. 비록 지역 신문이기는 해도 매스컴의 힘은 무시할 수 없는 것이라 입 가진 사람들은 누구든 윤민이의 그림을 칭찬했고 학교에서도 '학교의 자랑'이라며 대놓고 광고하는 바람에 조약돌 아줌마도 윤민이가 진로를 바꾸는 일에 동의한 거지. 심지어 조약돌 아줌마가 이런 말도 했대.

"하긴 콩 심은 데 콩 나고, 팥 심은 데 팥 나는 거지. 엄마, 아빠가 다 그쪽이니 네가 그런 재능을 타고난 건 당연한 건데, 그 당연한 재능을 여태 무시하고 있었으니…. 미련한 일이었을지도…. 미안하다."

윤민이 아빠도 건축 디자인을 했었대. 그 이야기를 내게 전하면서 내내 윤민이는 행복한 표정이었어. 그러다 두 팔을 벌려 나를 꼬옥 안아 줬어. 그리고 작게 속삭였지.

"고마워. 해랑이 네 덕이야."

감격이었어. 우리 머리 위에서 내리쬐는 한낮 햇살의 강렬함 따위는 비교도 안 될 정도의 벅찬 감격이었다고. '흡!' 하고 숨을 참아야 할 정도로. 숨을 참지 않았다면 어쩌면 감격으로 내 몸은 공중분해되었을지도 몰라.

또 과장한다고? 몰라! 상상해 봐. 저 멀리 경비 아저씨도 우릴

 씁쓸한 사랑에 달콤한 해독제를

보고 있고 지나가는 사람도 제법 있는데 그 모든 걸 개의치 않고 내게 애정 표현을 하다니…. 평소의 윤민이라면 못 할 행동인데 말이야. 마음이 넘치면 행동은 저절로 자연스러워지는 거라니까.

그간의 모든 갈증이 다 해갈되는 기분이 들었어. 일종의 속죄 의식이랄까? 난 윤민이가 그동안 나를 부인했던 일에 대한 사과를 받고 있는 거야. 내 앞에서 '아니에요'라고 했던 것, 또 '온리 프렌드'라고 했던 일. 그래서 양팔에 힘을 준 윤민이의 포옹에 나중엔 약간 숨이 막혀 왔지만 계속 안긴 채로 있었어. 얼마나 그러고 있었으려나? 시간이 멈추길 바랄 즈음, 윤민이가 나를 안은 채로 내려다보며 말했어.

"난 지금부터 요양원 강당에 그림 그려야 해. 우리 3일 뒤 네 생일날 만나자."

내 정수리가 윤민이의 입김으로 따스해지더라. 태어나 처음 경험해 봤어. 머리꼭지가 간질간질해지는 거. 마음도 덩달아 간질간질해졌어.

암튼! 기대 최고조야. 윤민이가 그릴 새 그림도, 또 3일 뒤의 만남도. 그날은 내 생일이기도 하지만 공교롭게도 우리가 만난 지 딱 200일이 되는 날이기도 하거든. 날짜를 세고 무슨 무슨 날 하면서 기념일을 챙기는 행동이 전엔 마냥 유치해 보였는데, 나도 연애를 해 보니까 그게 아니라는 걸 깨달았어.

유치한 거 아니야. 아니, 유치하면 좀 어때? 그건 일종의 성장 기록 같은 거야. 어릴 때 벽에 내 키가 얼마나 자랐나 아빠가 연필로 벽에 긋고 날짜를 적어 주었던 것처럼 말이야.

그리고 그런 날을 계기로 우린 관계의 오답도 체크할 수 있잖아. '우리 이랬지? 저랬구나? 앞으론 이러자 저러자' 하면서. 바둑을 둘 때 복기하는 건 다시 재현해 보면서 차후의 승부에 밑거름을 삼기 위해서라며? 연애가 바둑이라면 기념일을 챙기는 건 복기인 거나 마찬가지지.

나도 기념일을 앞두고 뭔가 상징적인 일을 할 게 없을까 궁리하던 중이었지. 그때 마침 할머니랑 고모가 파마하러 간다길래 나도 껴 달라고 졸랐어. 오래전부터 해 보고 싶었던 스타일이 있었거든. 고모가 생일 선물로 해 준다길래 신나서 따라갔어.

허리를 잘록하게 묶는 미용실 가운을 입고 머리에 퍼덕퍼덕 파마약을 바르고 앉아 있는 거울 속 내 모습을 보고 있자니 새삼 어른이 된 기분이 드는 거야. 그건 나만의 생각이 아니었는지 내 뒤에 앉아 있던 할머니와 고모도 거울 속 나를 보면서 이야기하더라고.

"우리 해랑이 다 컸네. 완전 처녀야."

“그러게. 저러고 있으니 대학생 같네.”

그러더니 내가 5학년 때, 엄마랑 아빠가 갑자기 이혼하는 바람에 우리가 허겁지겁 할머니와 살림을 합치고 고모까지 한동네로 이사 왔던 어느 날을 회상하더라고.

“그땐 진짜 심란했는데…. 애는 어리고 애 아빠도 어리바리하고…. 그때에 비하면 지금은 봄이네, 봄.”

“인제 해랑 엄마도 들어온다니… 헌수도 제 갈 길 가야지.”

그리고 두 사람은 자연스럽게 아빠 이야기를 속삭이듯 하시기 시작했어. 나는 모르는 이야기를 드문드문 서로 나누었는데, 얼추 짜맞춰 보니 아빠가 재혼한다는 것 같더라고.

“사람 괜찮은 것 같으니 진지하게 만나 보라 하지?”

뭐 이런 말을 고모가 하더라고. 아빠가 누군가를 소개받은 걸까? 섣불리 내가 낄 얘기는 아닌 것 같아서 잠자코 있었어. 하지만 속으로 응원했어. ‘아빠! 파이팅!’ 하고. 왜냐하면 아까 고모가 ‘어리바리 아빠’라고 한 뒤로 내 머릿속에는 아빠의 옛날 모습이 무차별적으로 떠오르던 중이었거든.

내가 처음 생리할 때 쩔쩔매던 아빠의 표정도 기억나고, 자전거 동호회 다니느라 집을 자주 비운다고 할머니한테 엄청 혼났던 날 저녁 못 먹어서 나한테 몰래 라면 끓여 달라던 일, 강아지

키우게 해 달라고 조르니까 할머니한테 허락도 안 받고 덜컥 강아지를 입양해 와서 할머니와 고모한테 신나게 잔소리 듣던 일, 첫사랑이랑 재회했다가 헤어지고 취해서 아파트 화단에 주저앉아 울고 있었던 일 등등….

우리 아빠는 할머니랑 같이 살아서 그런지 유난히 더 애 같았던 것 같아. 애 아빠보다는 할머니 아들 역할에 충실하다 보니 더 그랬는지도 몰라. 왜 그런 말 있잖아. 자식은 부모 앞에서는 영원히 애라는 말. 그런 의미에서 난 아빠도 이제 누군가의 남편 역할을 비중 있게 해 보는 것도 좋겠단 생각이 들더라고. 맨날 할머니 눈치나 보면서 애처럼 혀를 날름거리는 그런 역할 말고 누군가의 남자로서 좀 더 멋있고 의젓하고 믿음직한 역할 말이야.

그리고 나. 나도 할머니 말대로 완전 '처녀'가 되었으니까, 아빠의 역할 중에서 애 아빠의 짐을 덜게 해 주려고. 만약에 아빠가 누군가의 남편이란 새로운 역할을 하겠다고 한다면 흔쾌히 찬성해야지! 그런 결심을 했어. 전에 아빠가 첫사랑을 만난다고 했을 땐 아빠를 뺏기는 것 같아 싫었지만 이젠 나도 인생을 좀 아니까, 그럴 리 없잖아.

머리가 완성되고 거울을 보고 있는데 화장실에 다녀오던 고모가 나를 보더니 엄지손가락을 내밀며 말했어.

"굿! 우리 해랑이 이쁘다. 얼굴에서 빛이 나네."

내가 봐도 이뻤어. 헤어 디자이너가 드라이도 해 주고 눈썹까지 살짝 다듬어 줘서 더 그랬으려나? '눈도 반짝, 코도 반짝, 입도 반짝반짝' 어릴 때 부르던 동요가 저절로 흥얼거려지더라니까. 이름하여 열일곱 생일 이브니까. 더더욱 반짝반짝…

복병은 도처에 있다

"해랑이 안 온 거야?"

눈앞에 내가 버젓이 있는데 윤민이는 동우와 해주에게 이렇게 묻더라고? 우리가 놀라며 '얘 뭐냐?' 하는 표정으로 눈빛을 교환하고 있을 즈음에 윤민이가 내 어깨를 잡으며 말했어.

"와! 여기 있구나? 우리 해랑이가 너무 예뻐져서 못 알아봤잖아."

뭐냐고!

동우와 해주는 입을 못 다물고 비아냥거렸지만 난 온몸에 전율이 돌았어. 달달함으로 감전된 기분이 얼마나 짜릿하던지….그동안 살면서 받은 생일 선물 중 이게 최고인 것 같아.

이것만이 아니었어. 우리가 사귄 지 200일째가 내 생일과 겹친 터라 귀여운 이벤트는 계속 이어졌지. 1부에서 3부까지 있다고 하더라고? 1부엔 동우, 해주, 윤민이, 나 이렇게 넷이서 저녁을 먹었어. 해주랑 동우도 우리랑 사귀기 시작한 날짜가 거의 비슷해서 그냥 겸사겸사 같이 놀기로 했거든.

애들 사이에선 유명한 '떡볶이와 돈가스 커플'이란 집 루프탑을 해주가 며칠 전에 예약해 놨다나 봐. 한옥을 개조한 분식집인데 원래 장독대로 쓰던 자리에 간이 테이블이랑 파라솔을 펴 놓고 이른 시간부터 알전구까지 켜 놔서 진짜로 스카이라운지 분위기가 물씬 나더라고. 난 해주의 안목을 칭찬해 줬지.

"역시 유해주 안목 짱!"

거기서 그럴싸한 생일 파티를 했거든. 케이크 초도 끄고 생일 선물도 푸지게 받았어. 윤민이가 내게 준 형광색 손목시계는 정말 세련돼서 맘에 쏙 들었어. 그리고 대망의 200일 자축 파티도 했어. 우리 나름 사연이 많은 200일을 보냈잖아.

2부는 포토 부스에 가서 기념사진을 찍으면서 깔깔대고 놀았지. 이어진 3부엔 커플끼리만의 오붓한 시간을 갖는 타임이 마련되어 있었고.

윤민이와 나는 모처럼 영화를 보기로 했어. 딱히 보고 싶은 영화가 있었던 건 아닌데 영화관을 같이 가 보고 싶었거든. 사실 영화관은 연인들에게 최적화된 곳이잖아. 어두컴컴한 곳에 나란히 앉아 캐러멜이 입혀진 팝콘을 나눠 먹으며 팔이나 손이 살짝 닿을 때마다 서로의 체온을 가늠할 수도 있고, 또 괜한 귓속말도 할 수 있고. 그런 의미에서 영화 상영 전의 광고가 오래 이어져도 하나도 지루하지 않았어.

그런데 영화가 막 시작되었을 즈음, 한 남녀가 우리 시야를 가리며 지각 입장을 하더니 떠들기까지 하는 거야. 그런 거 있잖아. 자기들은 속삭이는데 다른 사람들한테는 크게 들리는 거. 완전 웃겼다니까?

"들어가…."

"그래, 자리 나랑 바꿀까?"

"아니, 자기가 여기 앉아."

늦게 들어온 주제에 서로 자리까지 바꿔 앉기도 하고. 여간 신경 쓰이는 게 아니었어. 게다가 핸드폰을 끈답시고 들여다보는데 어찌나 동작이 느린지….

그런데 스마트폰 불빛에 비춰 드러난 남자의 실루엣이 너무 낯이 익은 거야. 그러고 보니 그 낯익은 남자 옆에 앉은 여자도 전혀 낯설지 않더라고.

'헉! 우리 아빠와 조약돌 아줌마다.'

난 윤민이에게 그쪽을 보라고 손짓했고 그러자 윤민이는 두

 씁쓸한 사랑에 달콤한 해독제를

사람을 확인하더니 어쩔 줄 몰라 하더라. 그때부턴 스크린이 하나도 눈에 들어오지 않았어. 오로지 그 두 사람의 뒤통수만 바라보고 있으려니 고역이었지. 두 사람이 지나치게 정겨워 보이는 것도 부담스럽고 한편으론 두 사람이 고개만 돌려도 우리를 알아볼 테니 들킬까 봐 그것도 조마조마하고. 물론 영화를 보다 뒤를 돌아볼 일은 그리 흔치 않지만 말이야.

그런데 말이지, 갑자기 윤민이가 내 손을 잡아끌면서 나가자는 거야. 나도 뾰족한 대안은 없었지만 그렇다고 이렇게 바로 도망치기는 싫었어. 일단 싫다고 저항했지. 하지만 뒷좌석 사람들 눈치가 보여서 더는 실랑이할 수 없었어. 결국 나갈 수밖에. 영화 시작한 지 고작 10분이 막 지났을 때였고 팝콘도 반이나 남았는데…. 영화관 데이트는 그렇게 어이없게 파투가 난 거야. 밖으로 나오자마자 난 윤민이에게 따졌어.

"대체, 왜 나온 거야?"

그러자 윤민이는 너무 당연하다는 듯이 말했어.

"그럼, 어떻게 안 나와?"

어때? 우리의 대화가 많은 걸 상징하는 것 같지 않아? 말 그대로 난 '왜?'였고 윤민이는 '어떻게?'라잖아. 두 사람이 영화를 본다는 건 그리고 서로를 '자기'라고 부른다는 건 심상치 않은 사이란 거야. 난 그럼에도 불구하고 '왜 우리가 도망치듯 나와야 하는지'를 묻고 싶어. 왜, 우리여야 해?

그런데 윤민이는 '왜는 무슨 왜?'라는 식으로 말을 하고 있어. 그냥 우리가 당연히 내빼야 한다고 생각하잖아. 두 사람은 어른이고 우리는 자식이라서? 그건 아니지 않아? 우리가 당당하지 못할 게 뭐람? 난 그래서 '왜?'에 대해 윤민이와 이야기하고 싶은데 걘 아예 그럴 생각이 없더라. 오로지 방금 본 사실에만 넋이 나가 있더라고. 마치 귀신이라도 본 애처럼 말이야.

"뭐냐, 두 사람?"

"뭐긴… 뻔하잖아."

뻔하다고 말은 덤덤하게 받아쳤지만 나도 정말 당황스러웠지. 이럴 줄 몰랐어. 어떻게 이렇게 가혹한 일이 일어날 수 있어? 아무리 인생에 복병이 여기저기 숨어 있다지만 이건 정말 매너가 아니지 않아? 이런 조합이 어디 흔한 일이냐고?

윤민이 엄마인 조약돌 아줌마와 우리 엄마가 아는 사이인 것도 흔치 않은 우연인데, 그 우연을 헤치고 나와 이제 우리가 당당하게 수면 위로 떠오르는구나 했더니, 이번엔 우리 앞길을 걔네 엄마와 우리 아빠가 가로막겠다는 거잖아. 시련이 이렇게 연달아 훅을 내지르는 게 어디 있담? 매너 없는 시련 같으니라고!

내가 빙하기를 견디면서 조용히 침잠해 봄을 기다리던 동안 아빠와 조약돌 아줌마는 축제를 벌이고 있었나 봐. 할머니와 고모가 점찍은 아빠의 재혼 상대가 조약돌 아줌마였다니…. 게다가 할머니와 고모가 그렇게까지 말할 정도라면 이미 진도가 나갈 대로 나갔다는 건데.

어차피 벌어진 일이니 사실을 전달하는 게 맞는 일인 것 같아서 윤민이에게 할머니와 고모가 하던 이야기까지 전했어.

"그럼 해랑, 우린 어떻게 되는 거야?"

"뭐가 어떻게 돼?"

"우린 완전히 끝난 거네?"

"왜?"

"왜는? 종 친 거잖아."

윤민이 말이야, 너무한 거 아냐? 순순히 손을 들고 포기하겠다고? 아니, 알아서 기겠다는 자세잖아. 말이 돼? 저런 말부터 뱉는다는 게?

"너… 너무 비관적인 거 아냐?"

"아니, 내가 비관적인 게 아니라 상황이 비관적이잖아."

상황이 어떻든 '종 쳤다'는 말은 듣기 안 좋았어. 나한텐 상황을 비관적으로 보는 윤민이가 제일 비관적으로 느껴졌지. 그렇게 극장에서 도망쳐 나와 우리는 기운 빠진 채로 털레털레 다시 전철역 쪽으로 갔어.

막막했어. 그냥 이대로 서로 헤어져 집으로 가기엔 이름이 너무 많이 붙은 날이잖아? 생일에, 200일인데. 게다가 지금 뒤통수를 한 대 호되게 맞은 거나 마찬가지인데 어떻게 집으로 가? 그래서 기분 전환과 상황 정리라도 할 생각으로 동우랑 해주 커플을 다시 불렀지. 우리 사정을 들은 애들은 한마디로 난리 난리였어.

"웬일이니, 웬일이니? 이 무슨 운명의 장난?"

해주는 내 팔을 때리면서 호들갑을 떨었고 이어 동우는 우리의 비극적인 현실이 재미난다는 듯이 물었지.

"그럼 너희 오누이 되는 거네?"

"아직은 아니거든."

"너희 고모가 그랬다며, 잘해 보라 할 거라고. 집안 어른들까지 얘기할 정도면 진도 다 나간 건데?"

해주가 너무 단정적으로 이야기하는 게 야속하더라.

"어른들이야 희망 사항을 말한 거겠지. 유해주, 네가 명문대 원서 쓴다고 명문대생이니? 끝나 봐야 아는 게 인생이야. 안 그래?"

내 편 들라고 말을 마친 뒤 기껏 윤민이를 바라봤건만 윤민이와 동우 둘 다 눈치 없이 이상한 소리를 차례로 해 댔어.

"그래도 원서는 아무나 쓰는 게 아니잖아. 될 놈이 쓰는 건데…."

"그러니까. 두 분이 같이 극장 다니시는 거 보면… 게임 오버 아닐까?"

"야! 극장은 우리도 갔거든? 대체 왜 우리가 밀려야 해?"

"밀린다기보다 아무래도 우리보다 상황이 앞서는 분들이니까. 찬물도 위아래가 있고 버스나 전철에도 경로 우대석이 있는데."

나 빼고 세 아이 모두 다 게임 종료를 목청 높여 이야기하는 것 같아서 약이 올랐어. 너무들 한 거 아냐? 난 세상이 문 닫는 것 같은 기분인데 왜 이렇게들 가볍게 말해? 나 혼자 최대한 방어를 했어.

"그딴 데는 다 있을지 몰라도 사랑에는 없어. 사랑에 우위가 어딨고 양보가 어디 있어? 그리고 엄밀히 순서로만 따지면 우리가 먼저 시작했거든?"

내 말을 그냥 듣고 흘려도 되건만, 부득부득 대답이 나오더군. 그것도 하필 우윤민 입에서 말이야.

"아니, 그런 우위가 아니라…. 솔직히 톡 까놓고 우리가 결혼을 할 수 있는 사이는 아니잖아."

"그래! 결혼은 못 한다 치자. 아무리 그래도 그렇지, 우윤민. 그렇게 쉽게 손을 드는 게 어디 있냐?"

윤민이가 너무 야속하게 느껴졌어. 그러자 해주가 고개를 끄덕이며 말했어.

"맞아. 난 해랑이가 이해돼. 만약에 말이야, 둘이 사귀다가 여자 쪽 집에서 반대한다고 헤어지라 했는데 남자가 냉큼 '그래' 이러면 기분 고약하잖아. 그럼 여자는 '뭐야! 나랑 헤어지고 싶었던 거 아냐?' 이런 생각이 들어서 섭섭하잖아."

해주가 내 맘을 읽어 줘서 고맙기도 한데 한편으론 그런 이상한 예를 들어서 말한 건 싫었어. 이런 걸 때리는 시어머니보다 말리는 시누이가 더 밉다고 하는 거려나?

그러자 윤민이가 비척거리듯이 말했어.

"아니… 꼭 그런 건 아닌데…."

'아닌데'가 뭐야! 이 바보야! 아니면 눈을 부라리면서 아니라고 말을 확실하게 하든가! 속으로 울화를 터뜨렸지. 난 윤민이가 '그럼에도 불구하고'란 말을 해 주길 바랐어. 그런 거 있잖아, 못할 거 뻔히 알아도 '걱정 마! 날 믿어' 같은 허세. 그게 아무짝에도

 씁쓸한 사랑에 달콤한 해독제를

쓸데없는 허세이기만 한 게 아니잖아.

전엔 드라마 같은 데서 남자 주인공이 '널 위해 별을 따다 줄게' 같은 말을 하면 손발이 오글거리고 비현실적인 사람 같아서 싫었어. 그런데 난 지금 알 것 같아. 그런 말을 하는 사람의 마음이 얼마나 순수한 지극함으로 가득 차 있었던 건지 말이야. 난 속으로 윤민이에게 말했어.

'야! 우윤민 제발… 나한테 거짓말이라도 좀 치라고.'

하지만 그런 일은 안 벌어지더라. 나도 알아. 현실이 그렇게 드라마틱할 리 없으니까. 윤민이는 허세도 없고 거짓말도 안 하고 인사치레 빈말도 안 해. 그저 당황한 채로 '종 쳤다'는 말을 그 뒤로도 서너 번 더해서 나를 더더욱 열받게 했을 뿐이지. 아마 그래서 내 마음은 뒤틀릴 대로 뒤틀린 것 같아. 솔직히 해주 앞에서 자존심 상하는 것도 약간 있었고. 나라고 주목받고 싶지 않겠어?

탄천 길을 따라 집 가는 길까지 우리 넷은 밤거리를 걸었어. 가는 길에 농구대가 있길래 근처에 누군가 흘리고 간 배구공을 주워서 우리는 농구 골대에 배구공 넣기를 잠깐 했거든. 서로 마구잡이로 주워서 던지기를 하는데 내가 던진 공이 윤민이 머리를 정통으로 맞힌 거야.

“아! 미안.”

절대 윤민이를 조준한 건 아닌데 이건 내 무의식의 발현이란 생각이 대번에 들더군. 그래도 윤민이가 밝게 웃으며 “괜찮아” 해서 상황이 종료되었고 내 무의식이 들키지 않아 다행이다 싶었는데 동우가 그러는 거야.

“싸워라! 싸워라! 지금 열심히 싸워라. 지금 싸우면 사랑싸움이지만 좀 더 있음 너희 집안싸움 된다. 집안싸움 그거 아주 흉하거든?”

“야! 동우 너 죽을래?”

“죽긴 아깝지. 해주같이 이렇게 이쁜 여친이 있는데…”

내 참! 끝까지 약 올리더라.

집 현관에 들어서니 나도 모르게 한숨이 푸 하고 터져 나왔어. 이것저것 에피소드가 많아서 긴 하루이기도 했지만 감정의 골짜기를 오르락내리락하느라 더 품이 많이 들었던 것 같아. 게다가 더 기막힌 건 뭔지 알아? 아빠 방을 보면서 할머니에게 물어봤거든?

“아빠, 아직 안 들어오셨어요?”

그러자 할머니가 환하게 웃으면서 말하는 거야.

“너희 아빠 데이트 갔는데 벌써 들어오면 안 되지.”

아니! 왜 갑자기 할머니까지 이렇게 공공연하게 아빠의 데이트를 인정하느냐고! 그래서 그냥 영혼 없는 멘트를 했어.

“아, 데이트 가셨구나.”

그랬는데 내 말투가 뭐가 잘못된 걸까? 할머니 표정이 일그러지는 거야.

“너희 아빠도 자기 인생 살아야지!”

아니! 대체 내가 어쨌다고? 아예 날 원망하는 것처럼 들릴 정도였다니까?

“누가 뭐래요…? 할머니, 저도 그렇게 생각해요.”

사실이잖아. 난 미용실에서 어리바리 아빠를 떠올리면서 우리 아빠가 이제는 이 세상 그 누구보다도 멋진 남자의 역할을 맡게 되길 바랐던 사람이라고. 다만 그게 조약돌 아줌마이길 바란 게 아니었을 뿐.

“해랑아, 네가 이제 애도 아니고.”

“아니, 그러니까요. 전 찬성이라니까요?”

할머니는 낮게 한숨을 쉬더라. 내가 말은 찬성이라고 했지만 누가 봐도 찬성이 아닌 걸로 들렸나 봐. 하긴, 사실이니까. 찬성이기도 하고 동시에 반대이기도 한 일이 있을 거라고 누가 상상이나 할 수 있겠어? 그렇다고 할머니에게 상대가 조약돌 아줌마인 건 반대라고 말할 수는 없잖아. 그러니 그냥 오해하게 놔둘 수밖에.

고해의 바다에서 허덕이는 것 같은 하루였지. 그래도 긴 하루 끝에 반전은 있었어. 탄산수같이 톡 쏘는 위로를 얻었달까? 잠들기 직전에 이어폰을 찾다가 가방 안에서 작은 상자 하나를 발견했어. 윤민이가 나 몰래 넣어 뒀나 봐. 냉장고 자석만 한 작은 정사각형 종이 액자 다섯 개 정도가 한지로 만든 노끈에 묶여 있더라?

끈을 풀어 열어 보고는 '앗!' 했어. 감동, 그 자체였다고.

그건 윤민이가 아크릴 물감으로 그린 내 얼굴들이었어. 웃고, 눈을 찡긋대고, 입을 벌리기도 하고, 놀라거나 찡그리고 있는 나…. 내 다양한 표정들을 어찌나 잘 잡아서 그렸던지…. 윤민이가 자기 마음에, 눈에 나를 담지 않았다면 절대 못 그렸을 그림들이지. 그렇게 생각하니 마음이 울컥했어.

그리고 그보다 더 하이라이트는 뭔지 알아? 내 얼굴들이 그려진 그림 뒤에 이렇게 적혀 있었어.

나만 아는 너

 씁쓸한 사랑에 달콤한 해독제를

와! 멋지지 않아? '윤민이만 아는 나'라는 자아가 또 하나 탄생한 거야. 그 그림들을 침대맡에 나란히 세워 뒀어. 가슴 속이 뭔가로 가득 찬 기분. 충만함? 부자가 된 기분이었어. 오늘 윤민이에게 허세 섞인 근사한 말은 못 들었지만, 그 애의 진심은 말 대신 이 그림들이 다 말하고 있으니 그걸로 됐어!

나를 들었다 놨다 하는 윤민이. 나를 처절하게 아프게도 하고 나를 최고로 행복하게도 만드는 아이. 우윤민. 사랑은 원래 이런 거니? 어떤 노래 제목들이 생각난다. '내게 사랑은 너무 써' 그리고 '사랑은 맛있다'. 둘 다 맞아!

대체 누가 종을 치는 거야?

난 잘 때 꿈을 정말 많이 꾸는 편이야. 하루 종일 본 것, 느낀 것, 아니면 별생각 없이 내 시야에 들어온 것들까지 교묘하게 잘 조합되어 꿈속에서 재현되는 거야. 어차피 꿈이라 앞뒤가 안 맞는 내용이 대부분이지만 어떨 땐 내 뇌가 천재 아닐까 생각해 볼 정도로 놀랍게 완성된 스토리텔링이 연출되기도 해. 그런 내가 작금의 사태에 대해 어떻게 꿈을 안 꾸겠어?

엊그제 꿈 이야기해 줄까? 아빠와 조약돌 아줌마 그리고 나와 윤민이가 사각 링 위에 올라가 있는 거야. 우린 각각 글러브를 끼고들 있었지. 시합 전이라 허공에 펀치를 날려 보거나 제자리 뛰기를 하는 등, 흔한 설정 속의 행동들을 하고 있었지. 난 비교적 자신감에 우쭐하고 있더라고. '여러모로 나와 윤민이가 더 유리해' 뭐 이런 생각으로 말이야. 그렇잖아. 우리가 더 젊으니까. 꿈에선 직접 발화를 안 해도 서로 다 아는 걸로 되어 있거든.

그래서 우리가 다 이긴 게임이란 분위기였는데, 갑자기 윤민이가 링 밖으로 내빼는 거야. 그야말로 바람이라도 가를 듯이 '휘리릭' 하고 달리는 거지. 당황해서 난 목청 높여 소리쳤어.

"윤민아, 어디 가! 우윤민!"

윤민이는 뒤도 안 돌아본 채 내빼면서도 소리는 짧고 강렬하게 지르더군.

"종 쳤어!"

그렇게 윤민이는 계속 달리다 이내 사라졌지. 난 낑낑거리며 두리번거리다 잠에서 깼고. 잠에서 깨면서 난 혼잣말처럼 구시렁거린 것 같아.

"대체 누가 종을 친다는 거야?"

예전 같으면 이런 꿈을 꾸고 나면 윤민이를 원망했을 거거든? 아무리 꿈인 줄 다 안다고 해도 꿈속 장면이 남긴 타격감은 있으니까. 깼을 때 진짜로 목이 아프더라니까? 슬픔으로 한 방 맞은 가슴도 실제로 얼얼했고 말이야. 그러니 '배신자! 도망가다니…' 이러면서 원망하는 거지.

그런데 요샌 안 그래. 왜? 꿈에 관한 한 나는 노련한 경력자라서, 꿈은 엄밀히 내 책임이란 걸 깨달았거든. 그래서 그 꿈을 꾸고 난 뒤 침착하게 나의 나아갈 바만 궁리했지.

종 쳤다고? 그런데 대체 그 종은 누가 치는 걸까? 맞아. 종을 치는 사람은 아무도 없어. 우리의 일이니까 우리의 선택이 있을 뿐.

난 뭔가를 해야 한다는 결론을 내렸어. 침대 머리맡에 '윤민이만 아는 나'가 저렇게 버젓이 있는데 그냥 아무것도 안 하고 '아님 말고' 하면서 끝내 버리는 건 비겁한 일이야. 봄날 오전에 어른거리며 존재감 없이 피어오르다 햇살 아래서 맥을 못 추고 사라져 버리는 아지랑이 같은 사랑이어서는 안 되잖아.

사랑은 단순한 감정이 아니라 배우고 연습하는 기술이야. 내가 처음 사랑에 임하는 나의 자세가 그렇다고도 말했잖아. 인생 공부를 하는 거라고. 그러니 연습하는 의미에서라도 뭐든 해야 해. 링 위로 올라가서 하다못해 가위바위보라도 해야 할 것 같아.

마침 그 주 주말이 동우 생일이라 모인 김에 나의 입장을 이야기했어. 윤민이랑 둘이 있을 때 말하면 너무 무겁게 들리거나 내 뜻이 제대로 전달 안 될 수도 있으니까. 관객을 활용하고자 하는 의미기도 하고, 아무튼 겸사겸사. 아! 그리고 언젠가 동우가 '이건 사랑의 문제가 아니라, 내 존재의 문제야'라고 했던 게 생각나서. 동우라면 옆에서 말이라도 보태주지 않을까 하는 마음도 있었고.

"그러니까 네 말은…. 부모님들한테 가위바위보든 사다리 타기든 신청하겠다는 거?"

"뭔 신청씩이나? 그게 아니라 그건 그냥 비유지."

"그럼, 구체적으로 뭘 할 수 있어?"

역시 윤민이는 눈만 끔뻑이며 듣고만 있고 관객들이 번갈아 질문을 퍼부었어.

"뭐라도 해야지."

"혹시… 남의 밥에 재 뿌리기 그런 거라도 하려고?"

"이간질? 그런 거?"

"설마!"

그러게. 막상 애들이 다그치니 나도 뭘 할 수 있을지는 모르겠더라. 이런 생각을 하니 약간 김은 빠졌어.

그래도 마음가짐이란 것도 중요한 거잖아. 벽돌 쌓기를 하는 벽돌공 얘기 알지? 자신이 시간당 2달러를 받는 노동을 한다고 생각하는 사람과 같은 벽돌을 쌓으면서도 자신은 대성당을 짓는 일을 한다고 믿는 사람은 일하는 자세와 표정이 완전히 달랐다잖아.

역시 동우가 진지한 표정을 짓더니 말하더군.

"그래. 뭐가 됐든 하는 거랑 안 하는 건 다른 거니까. 난 찬성이야. 나도 지난 모의고사 날, '이건 나를 이기는 일이다'라고 생각하며 기차에 탔어."

해주가 눈부시다는 듯이 동우를 바라보더라. 윤민이도 동우의 말에 뭔가 느끼는 눈치였고. 그런데 잠시 뒤 해주가 말했지.

"난 '사랑해서 헤어진다' 이딴 말 하는 사람이 제일 치사해. 사랑하는데 왜 헤어져? 그건 헤어질 수 있을 만큼만 사랑하는 거 아냐? 그걸 왜 돌려 말해? 그러니까 너희가 진짜 좋아한다면… '찐사랑'이라면 끝까지 악착같이 만나야지."

'아니, 아니! 해주야, 그런 얘기는 아닌데…' 난 속으로 머리를 저었지. 이거 아니면 저거라는 식의 발상은 위험하잖아. 해주가 맥락을 이해 못 하고 봉창을 두드리는 것 같았지.

암튼 해주 말에 윤민이는 다소 불편해진 것 같았어. 집 가는 길에 나를 데려다주면서 말하더라.

"내가 비겁해 보여도… 그렇다고 '찐'이 아니어서는 아니야."

"나도 알아."

"그리고 나도 네가 뭔가 하겠다는 말 이해해. 다만 난 뭘 할 수 있을지 몰라서… 손을 놓고 있는 거야. 정말로 찐이 아니어서가 아니야. 난… 당황스럽기도 하지만 솔직히 요새 엄마가 밤늦게 즐거운 표정으로 들어오시는 게 또 보기가 좋아…."

 씁쓸한 사랑에 달콤한 해독제를

뭔 말인지 안다고! 아빠의 연애를 찬성하면서 반대하는 내 마음과 다를 바 없잖아. 윤민이도 자기 엄마가 하필 우리 아빠를 만나는 게 당황스럽지만 엄마가 행복해하는 건 좋은 거잖아. 내참! 우리 모두 그런 딜레마에 빠져있을 뿐이야.

"윤민아! 그냥 내가 할 수 있는 일을 할게."

"어떤…?"

"뭘 할 수 있을지 나도 몰라. 그렇다고 적진에 들어가 불을 놓거나 우물에 약을 풀거나 그런 야비한 짓은 안 할 거니까."

"그래."

"넌 그냥 나를 향해서 박수만 쳐 줘."

"박수?"

"있잖아, 미국 카터 대통령이 전에 일본에 가서 연설을 했대. 연설 초반에 유머를 던졌는데 청중들이 열광적으로 웃은 거야. 연설이 끝난 뒤 대통령이 어떻게 통역을 했기에 그렇게 반응들이 좋았냐고 물은 거야. 그랬더니 그 통역관이 '지금 카터 대통령이 재미있는 농담을 했어요. 우리 모두는 지금 웃어 줘야 합니다' 그렇게 말했다더래. 난 지금 그 통역관처럼 톡 까놓고 말하는 거야. 내 편이 되어서 나를 지지해 달라고."

"무조건 지지할게."

우린… 같은 편이니까.

집에 돌아오니 아무도 없었어. 텅 빈 집에 앉아 창밖 거리의 불빛을 바라보고 있으려니 가슴이 칼로 도려내지는 것처럼 아팠어. 전엔 집에 혼자 있으면 그 시간을 즐겼는데….

윤민이를 좋아하게 되고 난 뒤로는 혼자 있어도 내 마음속에 외로움이 깃들어 철딱서니 없는 즐거움은 자리를 틀지 못하는 것 같아. 사랑하면 사랑한 만큼 외롭다더니… 책에 나온 말이 딱 맞나 봐. 세상의 모든 것은 다 그림자를 갖고 있는데 그중에서도 사랑의 그림자가 제일 진한 것 같아. 그런데 왜 다들 이렇게 아픈 사랑을 하는 걸까? 아픈 만큼 큰다더니 혹시 그래서인가? 다들 크고 싶어서? 대체… 얼마나 크고 싶은 거야?

먼저 잔다고 아빠한테 메시지를 남기고 침대에 누워 있었어. 한참 뒤 늦은 시간, 밖에서 할머니가 아빠랑 고모까지 같이 들어오는 소리가 들리더라. 다들 화기애애한 분위기였어. 함께 웃기도 하고 특히 아빠의 너스레 떠는 톤이 높더라고. 사춘기 소년이 친구들과 놀다 와서 한껏 들뜬 그런 모습이랄까? 얘기 중에 가끔씩 '신 원장' 소리가 나오는 걸로 추측건대 조약돌 아줌마랑 다 같이 저녁 식사를 한 것 같았어. 집에선 조약돌 아줌마를 다들 신 원장이라고 부르거든.

 쓸쓸한 사랑에 달콤한 해독제▦

‘어쩌면 내가 할 수 있는 일은 없겠구나’ 하는 생각이 들었지. 살짝 열린 방문 틈으로 거실의 불빛이 과장되게 들어오는데, 그 불빛이 나를 비웃는 것만 같았어. 하지만 솔직히 마음이 상하지는 않더라. 이겨 먹는 게 내 목적은 아니었으니까.

다음 날 엄마에게 이상한 이야기를 들었어. 엄마가 나와 영상 통화를 하다 말고 다짜고짜 그러는 거야.

“결혼은 무슨 결혼!”

그러면서 엄마는 고개를 절레절레 흔들었어.

“무슨?”

“너희 아빠 말이야. 어차피 안 돼!”

오해는 하지 마! 절대 내가 먼저 유도한 건 아니야. 아무리 엄마, 아빠가 쿨한 친구 같은 사이라 해도 이혼한 사이인데 아빠의 재혼 이야기가 편할 리 없잖아. 게다가 상대는 엄마도 아는 사이고. 그래서 난 일부러 그 이야기는 입도 뻥긋 안 하고 있었다고.

“왜?”

“그런 게 있어.”

엄마의 표정을 읽어 보니 농담이 아닌 건 분명했어. 아마도 엄마는 또 다른 동창에게서 두 사람 소식을 들었나 봐. 그렇게 소식이 건너다닐 정도라면 거의 목적지에 다다랐단 소리일 텐데, 엄마는 무슨 자신감인지 앞에 '어차피'란 부사까지 써 가면서 말하는 걸까? 혹시 엄마의 희망 사항일까? 사람 마음이란 게 그렇잖아. 안 되길 바라는 마음에서 자기도 모르게 부정적인 점을 크게 부각하는 거, 그런 걸지도 모른다고 생각했어.

"진짜로 그런 게… 있다고?"

"그럼! 가짜를 뭐 하러 말해?"

"아니…."

말끝을 흐리자 엄마는 입을 삐죽이며 어이없다는 표정을 짓더라.

"아니 뭐! 내가 안 되길 바라서 이러는 것 같아? 그런 소리 마! 난 너희 아빠 재혼 찬성이야. 그렇게 되면 너도 나랑 살게 될 텐데 내가 왜 반대를 해? 근데 여러 정황상 쉽지 않아. 내가 너희 아빠랑 10년도 넘게 살았어. 할머니나 고모를 내가 몰라? 잘 알잖아. 그래서 이건 쉽지 않다고."

내가 더 물어보면 엄마가 대답했을지도 몰라. 비밀이란 건 원래 꼬리를 살짝살짝 흔들면서 상대를 자극하잖아. 누군가에게 더 알리고 싶어서 안달 나 있는 그 꼬리를 덥석 물긴 싫었어.

물론 엄청 궁금했어. 나하고도 상관있는 일이라 더더욱. 그래도 캐내고 싶지 않았어. 엄마에게서 나온 정보를 내가 물어다 어딘가에 활용할 수 있을 것 같지도 않고, 또 그래서도 안 될 것 같아서. 엄마 말대로 '어차피' 안 되는 일이라면 난 시간차를 두고 그 '어차피'를 자연스럽게 맞닥뜨리면 되는 거야. 그렇게 만나는 '어차피'라면 당당하잖아.

오후에 학원에서 만난 해주는 내 이야기를 듣자마자 펄쩍 뛰더라.

"너 배부른 사자니?"

"뭔 소리?"

"왜 안 움직여? 뭔가를 하겠다고 선포까지 하더니 왜 기회를 안 잡냐고? 뭔지 알아내고 큰 그림을 그려서 어디서 어떻게 그 기회를 잡을지를 노려야지. 안 그래?"

"당당하고 싶어."

"뭔 당당? 사랑이 어쩌고저쩌고 하더니 다 허세였던 거?"

"사랑을 지키고 싶은 거 맞아. 그렇다고 해서 내가 나를 망칠 수는 없잖아."

"아이고! 너의 그 뜬구름 잡는 얘기 뭔지 모르겠네. 하지만 분명한 건 네가 절실하지 않다는 거야. 절실하면 뛰고 보거든?"

"아니! 그리고 '어차피'라잖아."

"어차피든 '저차피'든! 그거에 기댄다는 건 네가 배가 부르거나 게으르거나 의욕이 없다는 거야."

집에 오면서 내내 해주의 게으르단 말이 걸리더라. 나도 내가 아이러니했거든. 내가 지금 이렇게 가만있는 게 정말 게을러서일까? 언젠가처럼 평화를 내걸고 아무것도 안 하는 나의 다른 버전일까? 그건 아니었으면 싶은데… 정말 자존심 상하는 일이잖아. '뭘까?' 머릿속에 물음표를 달고 집에 왔어.

근데 집에 들어와서 정답을 알았어. 욕실에서 악을 쓰듯 노래하며 샤워하는 아빠 목소리를 듣는데 울컥했어. 그리고 윤민이 말이 떠올랐어. 자기도 당황스럽지만, 엄마가 밤늦게 즐거운 표정으로 들어오는 게 좋다던 그 말.

나도 아빠가 행복한 게 좋아. 어린 딸을 혼자 키우면서 마냥 어리바리했던 아빠를 거쳐 이제 근사한 남자로, 누군가의 미더운 '자기'가 되어 행복해지는 거. 그걸 나도 좋아한다고. 꼭 아빠가 아니더라도 누구든 행복해서 저렇게 악을 쓰듯 노래한다면 맘속으로라도 지지하고 싶지 않겠어? 행복한 사람을 보는 건 얼마나 행복한 일이야?

아빠 때문에 씻지도 못하고 교복을 입은 채로 침대에 누워 또 다른 딜레마에 걸린 나를 봤어. 유체 이탈이라도 한 듯이 내 몸 밖으로 나와 나를 보는 나. 덫에 걸린 새처럼 가만히 앉아 눈만 또록

또록 굴리는 나를 봤어. 엄마가 말한 그 '어차피'가 오는 것도 싫고, 오지 않는 것도 싫은 나. 그건 50대 50이라 괴롭기만 해.

윤민이도 내 맘 같을까? 걔도 아팠겠구나 생각하니 눈물도 나고. 인생은 이렇게 괴로운 걸까? 사랑하는 사람을 마음에 품고 산다는 건 이렇게 늘 고통도 같이 품고 살아야 하는 건가? 그래서 할머니는 나만 보면 맨날 짠하다고 하는 거였겠네. 사랑은 이렇게 다 애잔한 건가?

혼자서 괜히 서러워져 꺽꺽거리며 숨죽여 한참 울었어. 어깨까지 들썩이면서 춤이라도 추듯이 눈물 샤워를 한 거야. 아마 17년간 묵혔던 슬픔이 다 나왔나 봐. 뭘 구경들이 났다고 다 나온 건지…. 유치원 때 길 잃고, 초등학교 때 피구하다 싸움 나서, 이사 가느라 아래층 살던 정희 언니랑 헤어지면서, 비행기를 보며 엄마에 대한 그리움을 삭이면서… 그렇게 흘렸던 눈물이 전부 스쳐 가더라. 심지어 이 세상에 나올 때 '응애' 하며 울었던 울음까지. 그건 슬픔이 아니라 기쁨의 울음이었을 텐데도 말이지.

사랑, 그 몹쓸 짓에 한 방!

멀미는 일종의 정보 불일치 때문에 생기는 거래. 시각적으로 눈앞에 보이는 벽은 움직이지 않는데, 청각적으로는 움직이는 소리를 듣고 또 평형 감각은 상하좌우로 흔들리고 있으니. 한마디로 정보의 불일치가 불쾌한 느낌을 유발하는 거지.

내가 지금 딱 그래! 지독한 멀미를 느끼고 있다고나 할까? 내가 아는 것들 그리고 내가 사랑하는 사람들의 표리부동함, 그 자체가 어지러워서 미칠 것만 같다고.

그러니까 어떻게 된 거냐면, 화기애애하던 집안 분위기가 불과 이틀 사이에 확 바뀐 거야. 일단 저녁 식사 직후 할머니는 서둘러 방으로 들어가 누웠고 늘 붙박이처럼 거실 티브이 앞에 붙어 있던 아빠도 후다닥 방으로 직행했지.

상황 파악을 위해 필요도 없는 스테이플러 같은 걸 빌린다는 핑계를 대고 아빠 방에 들어갔는데 역시 심상치 않았어. 나만 보면 괜히 아재 개그도 던지던 아빠가 이번엔 아예 말 붙일 틈조차 안 주더라고. 할머니도 그랬고.

그러더니만 엊그제 사달이 난 거야.

"해랑 아빠 찾아가시랍니다!"

경비 아저씨가 아파트 입구 편의점 아저씨의 이야기를 인터폰으로 전했어.

뭐야! 이건 너무 익숙한 패턴이잖아. 식상할 정도지. 그때 난 대번에 알았어. '아! 올 게 왔구나.'

고모부가 출장 중이라 결국 고모와 나 그리고 사촌 후경 오빠까지 동원되어서 술로 떡이 된 아빠를 간신히 방에 옮겨 놓어. 평소와 달리 할머니가 아예 나와 보지도 않는 걸 보고 짐작했지. 순항하던 조약돌 아줌마와 아빠의 배가 둘만의 문제로 좌초된 게 아니라 암초를 만난 게 분명했어. 그리고 그 암초는 할머니와 고모가 만든 거야. 아빠의 전력으로 보아 그 정도는 쉽게 유추가 되더라고. 게다가 고모는 아빠의 양말을 벗겨 주는 내내 '등신!' 이라고 욕했거든. 사이사이 아빠 등짝도 때리고 말이야.

대체 뭘까? 궁금해서 미칠 것 같았어. 그런데 나의 궁금증은 이내 풀렸어. 후경 오빠가 우리 집에 흘리고 간 핸드폰을 갖다주러 고모 집에 갔었거든. 후경 오빠에게 혹시 뭔 일인지 아냐고 아무 기대 없이 지나가는 말처럼 물었는데 오빠가 대뜸 그러는 거야.

"내 탓이야."

엥? 그런데 후경 오빠 얘기를 듣고 난 경악을 금치 못했어. 고모가 삼수생인 후경 오빠의 입시가 걱정이 되어서 점을 보러 갔대. 간 김에 아빠와 조약돌 아줌마의 사주를 넣었는데 그 점쟁이가 이 결혼 절대 반대라고 했다는 거야. 진짜 어이없었지.

그 뒷이야기는 너무나 뻔해. 사주가 어떻고, 누가 누굴 잡아먹을 거고, 등등의 비과학적인 이야기 말이야.

걱정이 된 고모가 아빠의 절친한 친구를 통해 건너 건너 물어봤다나 봐. 고모도 점쟁이 말만 들이밀기엔 염치없으니까 나름 검증 과정을 거치려고 했던 모양이야. 그런데 그때 누군가가 화약에 불을 붙여 준 거지. 조약돌 아줌마가 대학 시절 사귀던 남자가 사고로 죽었다는 얘기를 전한 거야. 그 이야기는 당연히 곧 할머니 귀에도 들어갔고.

결국 엄마가 말한 '어차피'는 이 이야기였던 셈이지. 할머니를 아니까 그리고 그런 할머니를 이기지 못할 아빠도 잘 아니까, '어차피 안 된다'라고 단언한 거야.

말이 돼? 그걸 믿는다고? 21세기에? 그런 전근대적인 이야기로 사람을 잡는다고? 그렇게 비과학적이고도 음산하기 짝이 없는 미신을 믿다니….

내 안에서 분노가 들끓었어. 할머니야 옛날 사람이라 그렇다 쳐도 아빠가 이만한 일에 허덕인다는 게 화가 났어. 오죽하면 취해서 자고 있는 아빠를 보는데 연민이 느껴지는 게 아니라 주먹이 꽉 쥐어졌을 정도라니까. 술도 잘 못 마시는 아빠가 술에 취해 쓰러져 있다는 건 무력한 자의 유일한 시위 방법이잖아.

술 말고 더 이성적인 방법으로 대안을 찾았어야 하는 거 아냐? 혹시 우리 아빠도 '종 쳤어' 하는 마음으로 도망치다가 술을 마신 건 아닐까?

이런 상상을 하다 보니 갑자기 조약돌 아줌마에게 감정 이입이 되면서 슬쩍 연민이 생기더라.

그다음 날은 집에서 할머니와 아빠가 한판 붙었어. 아빠의 귀가에 맞춰 고모까지 불러 모은 걸 보니 할머니가 아예 작정을 한 날인 것 같았어. 처음에 할머니는 읍소의 자세로 아빠를 설득하기 시작했지.

"랑이 아빠야, 옛말에 길이 아니면 가지를 말라고 했다. 난 너 잘못되는 꼴은 죽어도 못 본다."

“아니! 제가 잘못된다고 누가 그래요?”

“그러게, 그런 사주가 있다니까!”

“지금 때가 어느 땐데 그런 걸 믿고 그래요? 그렇게 따지면 해랑 엄마랑 나는 천년만년 잘 살았어야 해요. 천운보살인가 뭔가 하는 그 점쟁이가 그렇게 궁합이 좋다면서… 천년에 한 번 날까 말까 하는 뭐라더니…. 젠장.”

“어쨌거나 신 원장 그이는 안 된다!”

그 뒤로도 할머니의 이기심은 근거 없는 인신공격을 밑천 삼아 제멋대로 추는 막춤처럼 천지사방을 훑어 댔어. 남자를 잡아먹는다는 사주 얘기부터, 기가 세 보인다는 둥, 안 그래도 눈을 치뜰 때 검은자가 위로 올라가는 게 조금 걸렸다는 둥….

그런데 이야기는 그걸로 끝이 아니었어. 고모가 어디서 들었다는 이야기를 다시 들먹이며 점입가경으로 치달은 거야. 할머니가 들먹이던 사주팔자가 근거 없이 심정적인 음모의 시나리오라면 고모가 물어 온 이야기는 사실에 근거를 두긴 했으니까.

“봐라. 전 남편 사고에, 학교 때 사귀던 이도 사고사라는데 그게 흔한 일이냐? 지금 내가 없는 얘길 하냐? 있었던 얘길 하는데?”

난 슬슬 멀미가 심해지기 시작했어. 그야말로 정보의 불일치

  쌉쌀한 사랑에 달콤한 해독제를

때문이지. 내가 아는 할머니는 나한테 더없이 푸근하고 좋은 분이야. 나한테만이 아니라 우리 할머니는 객관적으로도 좋은 분이거든. 장을 보러 갈 때 따라다녀 봐서 알아. 인정도 많고 그 누구한테든 넘치게 행동하지 않는 사람이야.

그런데 지금은 폭력을 휘두르고 있잖아. 오로지 사랑하는 자기 자식만을 위해 저렇게 아무렇지도 않게 남에게 폭력을 쓰는 모습을 보고 있자니 괴롭더라. 전혀 폭력이라고 의식조차 못 한 채로 말이야.

심지어 할머니처럼 옛날 사람도 아닌 고모도 크게 다르지 않았어.

"집안에 사람 들이는 거 그거 쉽게 볼 일이 아니야!"

"그럼, 그러니까 결혼을 인륜지대사라잖아."

"기왕 늦은 거 좀 더 신중하게 하자."

"그러게. 만난 지 오래된 것도 아니고…."

할머니와 고모는 서로 주거니 받거니 하면서 방아 찧듯이 장단을 맞춰 이야기하더니 급기야 한때는 공공의 적이던 우리 엄마까지 거론하더라?

"사실 해랑이 엄마야 사람이 자기중심적이라 그렇지, 그렇게 큰 흠이 있는 사람은 아니거든."

"그래. 너무 구김살 없게만 커서…."

내가 보기엔 '봐라! 우리가 다 나쁘게만 말하는 사람이 아니거든!' 그걸 보이기 위해서 하는 말 같았어.

두 사람은 합리화의 정점에 필요한 재료로 나를 가져다 썼지.

"우리 랑이를 생각해야지! 애 대학부터 보내고…."

"그래, 한창 공부하는 시기에 환경이 바뀌는 게 보통 일이니?"

"아니, 언제 당장 결혼을 한댔냐고요? 먼저 옆에서 재촉하시더니만…."

아빠가 발끈했는데도 할머니와 고모는 여전히 호기롭게 대응했지.

"결혼을 전제로 만나다 관둘 수 있니? 아니다 싶으면 애초에 안 만나는 게 나은 거지."

"그럼, 나이 들어 그건 아니지."

"…."

초반에는 호기롭게 대꾸하던 아빠는 전의를 잃은 패잔병처럼 앉아 있더라. 이번엔 술이 아니라 꿀 먹은 사람처럼 입을 꽉 다물고 말이야. 난 답답해서 미칠 지경이었어. 내 안에선 '아빠, 이게 말이 되는 이야기야? 가만있지 말고 대들라고! 아빠, 바보야?' 이런 말들이 머릿속에서 아우성쳤지.

아빠는 조용히 일어나 슬그머니 집 밖으로 나서더라. 나는 선뜻 어떤 말도 꺼내지 못하고 아빠의 뒷모습을 보고만 있었어. 아빠의 퇴장이 워낙 후줄근해서 그랬던 걸까? 할머니와 고모는 승전고를 울리기라도 할 기세로 의기양양했어. 그러고는 이 모든 일을 결국 다 나를 위한 것처럼 결론짓더라. 할머니는 특유의 콧소리가 엉긴 채로 내 머리칼을 쓸어 올리며 말했어.

"우리 랑이 잘 키우는 게 먼저지, 뭐가 중한데."

아니야, 이건 아니야. 나도 모르게 고개가 저어지더라.

그런데 왜 가만있었냐고? 혼란스러웠거든. 혹시 '내가 뭐 하러 아빠 편을 들어?' 이런 심정은 아니었냐고? 사각 링 위로 올라가기도 전에 상대가 나자빠졌으니 '아싸!' 하고 소리치고 싶은 건 아니었냐고? 아니야. 그건 절대 아니야. 정말이지, 난 전의 자체를 느낄 수 없었다니까.

사랑이라는 이름의 돌팔매질에 나자빠져 피를 철철 흘리는 사람들한테 뭘 싸우자고 들겠어? 아픈 사람부터 돌봐야 하는 게 인지상정 아닐까? 난 정말로 그런 심정이었어.

그런데도 왜 가만있었냐고 다시 묻는다면, 당황스럽기도 했고 일단은 상황을 지켜보고 싶었다고 하는 게 맞을 것 같아.

멀미가 나서 미칠 지경이라 늦은 밤 아파트 놀이터 벤치에 앉아 있는데 엄마한테 전화가 왔어. 전후 이야기를 들은 엄마는 말하더군.

"그럴 줄 알았다니까! 내 말이 맞지?"

정답을 맞혔다는 우쭐함에 한껏 득의양양한 엄마. 내 참! 지금 정답이 문제가 아니잖아.

"엄마, 어떻게 다들 그럴 수가 있어?"

"그럴 수 있어. 그게 사랑이야."

"그게 어떻게 사랑이야? 내 자식 어떻게 될까 봐, 그런 근거도 없는 얘기에 휘둘리면서 남을 절벽 아래로 떠다밀어?"

"팔이 안으로 굽지, 밖으로 굽는 거 봤니? 나도 그럴 수 있을 것 같아."

"헐! 엄마 그건 폭력이야. 사랑이 아니고, 가족 이기주의잖아."

"사랑이 뭐 별거니? 어디다 어떻게 갖다 쓰냐에 따라 다른 거지. 살아보니 이것도 사랑, 저것도 사랑이라면서 다들 이기적으로 사랑을 하더라고. 오죽하면 독이 되는 사랑이 있단 말이 있겠어?"

"할머니랑 고모 정말 너무해."

'나도 그럴 수 있을 것 같아' 소리를 아무렇지 않게 하는 엄마도 너무한 건 매한가지긴 한데, 그건 말 안 하고 삼켰어.

“그렇긴 한데, 이해가 안 가는 건 아니야. 걸리는 데가 있다는 데 부모 입장에선 움찔하지. 그런데 그런다고 끌려다니는 건 바보 아니니? 아니다. 그것도 사랑이려나? 결국 선택하는 거잖아. 너희 아빠도 더 사랑하는 쪽으로 끌려가겠지, 뭐! 솔직히 결과는 뻔하지만 말이야.”

엄마 이야기를 듣다 보니 더 멀미가 나더라. 안팎이 다르고 입장에 다르게 갖다 쓰고 말이 안 되는 거 알아도 사랑해서 끌려다니고 그런다는 거야? 그게 사랑이라고? 대체 사랑이 뭐라는 거야?

그런데 엄마가 마지막으로 요점 정리하듯이 말했어.

“내가 뻔하다고 하는 건… 너희 아빠 전에도 그랬잖아.”

“뭐?”

“첫사랑인가 하는 사람이랑도 할머니 반대로 헤어졌다며? 같은 패턴이 두 번 반복된다는 건 좀 그렇지 않니?”

맞아! 같은 일이 반복된다는 건 자기 안에 문제가 있는 거랬어. 그러니 스스로를 돌아봐야 한다고. 우리도 시험 보고 오답 체크 안 하면 또 틀리듯이 말이야. 그러니까 결론을 내려 보자면, 우리 아빠는 상습범이야.

그런 생각을 하면서 집으로 가는데 아빠를 마주쳤어. 엄밀히 말하면 마주친 게 아니라 내가 발견한 거지. 캔맥주 하나 옆에 놓고 우리 동 화단 앞 보도블록 위에 앉아 있더라.

근데 말이야, 갑자기 느닷없이 이런 생각이 들더라고.

'혹시… 아빠는 누구에게든 들키고 싶은 건가?'

후경 오빠가 고2 때던가, 가출한 적이 있었어. 그때 집이 난리가 났었거든. 그런데 이틀하고 반나절 뒤에 후경 오빠가 아파트 단지 경비실 앞 놀이터에 앉아 있더라고. 누가 봐도 들킬 수밖에 없는 장소였지. 그때 할머니가 그랬어. "별말 말고 집에 데리고 들어가라. 들키고 싶어서 거기 앉아 있잖니. 도와달라는 건데 야단치지 말고…."

아빠 모습에 고2 시절 후경 오빠가 겹쳐 보였어. 어쩌면 아빠는 너무 당황스러워서, 어째야 할지 몰라서, 나나 윤민이처럼 이러지도 저러지도 못해서, 50대 50의 사랑 앞에서 괴로워만 하고 있는 건지도 모른단 생각이 들었어. 엄마는 선택이라고 했지만, 불쌍한 아빠는 선택할 줄 몰라서 힘이 센 사람한테 끌려가길 원하는 게 아닐까? 그러면서 또다시 선택하지 못한 누군가에게 미안해서 저런 모습을 보여 주고 싶은 거고. '나도 이렇게 괴로워' 하면서 면죄부 삼으려는 걸지도 몰라.

들키고 싶어 하는 아빠를 못 본 척하고 싶었지만 그럴 수 없어서 아빠의 팔짱을 끼고 집에 들어왔어. 할머니한테는 아빠의 이런 모습을 보이고 싶지 않은 자존심 때문에 아주 조용히 살살 들어왔지. 자꾸 소리치려는 아빠 입을 틀어막고 말이야.

아빠를 침대에 눕히고 이불을 덮어 주는데 마음이 아려 왔어. 어른이 된다고 편해지는 게 아니란 건 진작부터 알고 있었지만 새삼 더 그랬지.

"에휴! 아빠, 왜 이렇게 술을 마셔!"

대답을 들으려는 게 아니었는데 굳이 아빠가 대답하더라고.

"사랑해서 그래. 해랑이도 사랑하고, 할머니도 사랑하고, 신 원장도 사랑하고…."

젠장! 내 생각이 맞았잖아. 난 속으로 '비겁한 변명입니다' 하고 아빠 방을 나왔어.

내 하루의 시작과 끝엔 윤민이가 있기에 언제나처럼 침대에 누워 윤민이에게 잘 자라고 메시지를 보냈어. 우린 오늘의 일과도 간략하게 나눴지. 물론 우리 집에서 일어난 만행은 얘기하지 않았어. 윤민이가 알면 가슴 아플 테니까.

윤민이는 요 며칠 아동 복지 센터에 가서 그림을 그렸대. 요 양원 벽화를 본 센터장이 부탁을 했다나 봐. 주택가 안에 있어서 변변한 마당도 없는 복지 센터였는데 윤민이가 시멘트 바닥에 그린 꽃밭이랑 놀이기구들을 아이들이 진짜 꽃처럼 바라보고 놀이터 삼아 노는 걸 보고 감격했대.

나는 그림만 그렸을 뿐인데

옆으로 옆으로 온기가 전해져가는 느낌이랄까?

마치 도미노 할 때 첫 블록을 자기가 건드린 느낌이더라나? 별것 아닌 것 같은 작은 선의가 건네지면서 점점 커지는 모습이 내 머릿속에 그려지더라. 1 더하기 1이 2가 아니라 더 큰 수가 되는 거지.

그거 알아? 멀미를 없애는 법. 물론 멀미약을 먹으면 되겠지만 신선한 공기를 쐬거나 아니면 뇌가 다른 감각에 집중할 때 멀미가 사라지기도 한대. 난 윤민이 이야기를 들으면서 멀미가 가셨어. 나도 윤민이처럼 첫 블록을 건드려야겠다는 결심이 섰거든.

사랑을 지킨다는 그럴듯한 명분 아래 이기심의 탈을 쓰고 폭력을 휘두르는 할머니와 고모. 온 가족이 같은 탈을 쓰고 있어서 이게 합리화인지조차 모르고 있어. 게다가 아빠는 할머니 말이 틀린 거 알면서도 비겁하게 대응도 못 하고 사랑해서 그러는 거라잖아. 엄마도 사랑이 별거냐며 이것도 사랑이고 저것도 사랑이라고 얘기하고 말이야. 다들 사랑이란 이름만 내걸면 못 할 게 없다는 식이야.

그렇게 따지면 사랑, 그건 정말 몹쓸 짓 아냐? 맞아! 사랑이 제대로 쓰이지 않는다면 그건 정말 무서운 일이야. 독이 되는 사랑이 왜 사랑이야? 그건 독이지. 사랑, 그 몹쓸 짓에 한 방을 먹여야 해!

사랑을 제대로 쓰는 법

자다 깼어. 까만 어둠 속에서 눈만 또록또록 굴리고 있다가 그냥 내처 더 자야겠다 싶더라. 간밤에 뒤척이느라 잠을 거의 못 잔 데다 뭐, 오늘은 주말이니까. 우리 집은 '주말 오전엔 서로 간섭하지 않는다'가 규칙이거든. 그래도 시간은 알고 더 자야지 했는데 아무리 손을 뻗어 주변을 더듬어 봐도 핸드폰이 잡히질 않는 거야. 침대 밑으로 떨어졌나?

몇 시일까? 분명 아침이긴 한데 말이지. 내 방 커튼은 암막 커튼이라 방 안으로 빛이 하나도 들어오지 않아. 그래도 아침인 건 느껴지는 법이거든. 아침은 빛으로만 자기 존재감을 드러내지 않아. 천지를 흔들어 대는 듯한 미세한 진동, 그런 게 있어. 눈에 보이는 것 말고도 우리가 조금만 주의를 기울이면 느낄 수 있는 게 정말 많아.

　　씁쓸한 사랑에 달콤한 해독제를

심지어 난 어제와 조금 다른 나를 느껴. 내 심장 박동이 어제보다 조금 더 야무지게 뛰고 있어. 야무지게 뛰는 게 뭐냐고? 그건 시험 보는 날 아침처럼, 약간 결의에 차 있는 것과 비슷하다고 보면 돼. 냉동실에 살짝 들어갔다 나온 초콜릿처럼 단단해진 느낌이랄까?

사실… 어제 내가 엄청난 일을 했거든. 맞아. 윤민이가 말하던 도미노의 첫 블록을 나도 툭 쳐서 자빠뜨렸어. 나로선 태어나서 처음 발을 떼는 것처럼 떨리고 조마조마한 일이었어. 하지만 확신을 갖고 내질렀으니까, 돌아 돌아 마치 깊은 산중을 휘돌다 온 산바람처럼 세상을 시원하게 만들어 주리라고 믿어. 나의 심장에선 의미 있는 일을 한 자의 다부짐이 느껴진다고.

무슨 일이냐고? 내가 독이 되는 몹쓸 사랑에 한 방 먹이겠다고 큰소리를 쳤잖아. 맞아! 한 방 제대로 먹였다고!

처음엔 뭘 어떻게 해야 할지 몰라서 우물쭈물하고 있었어. 그렇다고 윤민이나 애들한테 의논할 수도 없고. 섣불리 할머니나 아빠한테 이야기하는 건 효과가 없을 것도 같고. 무엇보다도 잘못 건드리면 안 건드리느니만 못할까 봐 겁이 났어. 할머니가 옛날부터 종종 그랬거든. 내 눈에 난 다래끼를 들여다보거나 하면서, '덧나지 않게 함부로 건드리지 마라. 덧나면 일이 커진다'라고.

그리고 솔직히 유혹도 있었어. 뭐랄까? '내가 나서는 게 맞을까?' 하는. 항상 어려운 일 앞에서는 그런 합리화를 하게 되더라고. 도망칠 궁리도 하고, 편한 길로 가려고도 하고 말이야.

그런데 어제 우연찮게 기회가 닿은 거지. 마치 '그렇게 될 일은 그렇게 된다'라는 인디언 속담처럼 말이야. 그렇다면 우연은 아닌 거지. 필연이랄까? 이미 내지른 일이니 그건 필연이고 내가 했어야 하는 일이고 내가 할 수 있는 일이었다고 마무리 지어야겠네. '잘했어. 박해랑!' 칭찬도 곁들이고.

사실은 윤민이가 며칠 전에 벽화를 그리고 내려오다 사다리에서 발을 헛디디는 바람에 팔을 접질려 깁스를 했거든. 그래서 어제 내가 데이트 겸 봉사 겸해서 윤민이를 집에 데려다줬어. 그래 봤자 개 보조 가방 정도만 들어 준 거지만, 아픈 사람 곁에 있어 주는 건 마음을 들어 주는 거랑 진배없는 일이니까. 아플 땐 마음이 제일 무거운 거 아니겠어?

암튼 명분은 분명했지. 그런데 윤민이를 들여보내고 집으로 가려는데 개네 아파트 분리수거장에서 쓰레기를 버리고 있는 조약돌 아줌마를 본 거야. 머리를 질끈 묶고 슬리퍼에 후줄근한 고무줄 치마 차림의 아줌마. 평상시에 보던 '신 원장님'답지 않은 차림이라 약간 낯설었는데 이상하게 친근감이 훅 하고 치밀더라? 아무래도 나한텐 '그냥 엄마'에 대한 로망이 있는 모양이야.

분리수거장 천장에 달린 빈약한 백열등이 꺼져 어두운데 그 와중에도 조약돌 아줌마는 핸드폰 불빛에 의존해서 재활용품들을 하나하나 단정하게 잘 분리해 나눠 넣고 있더라. '후루룩 뚝딱'이 아니라 그야말로 진정성 있는 분리수거였어.

밤늦어 아파트 단지 안은 더없이 조용한데 가만가만 달그락달그락 재활용품들을 갈무리하고 있는 조약돌 아줌마를 멀찌감치 서서 한참 보고 있었어. 겨우내 가족들이 먹을 도토리를 하나하나 쌓는 미더운 엄마 다람쥐가 연상되었다고 하면 너무 감상적으로 치우쳤다고 하려나?

그래! 정갈하고 은은한 달빛에 비친 세상의 모습들이 나를 감상적으로 만들었나 봐. 아줌마의 실루엣을 멀리서 보고 있자니 문득 깜빡거리는 아줌마의 핸드폰 불빛이 마치 살아 숨 쉬는 정의의 심장인 것처럼 보이더라고. 세상의 모든 비겁함을 이겨 내기 위해 어딘가엔 기필코 존재하고 있어야 할 정의의 심장.

'깜빡, 깜빡.'

그건 작고 여린 빛이지만 분명한 존재감을 드러내고 있었거든. 그러니 나까지 방관자가 되어서는 안 될 것 같더라. 한편으론 고독해 보이는 아줌마에게 뭉클한 동지애가 느껴지기도 했거든.

그때 난 분명해졌어. 내가 할 수 있는 일이 무엇일지에 대해 방황하다가 드디어 길을 찾았다고나 할까? 난 방법을 찾고 있었 거든. 다들 알잖아. 내가 한 방 먹인다고 한 건 나의 목적이 공격 에만 있는 게 아니란 걸 말이야. 궁극적으론 옳은 길을 찾아 잘 못된 걸 바로잡는 게 목적이었으니까. 그 바로잡는 방법을 그 순 간 찾은 거야.

"도와달라고 해야지."

1 더하기 1이 꼭 2가 아니란 걸 알았으니까. 이 일은 아빠와 나 와 윤민이와 조약돌 아줌마와 할머니와 고모와… 그리고 결국에 는 이 세상에 존재하는 모든 사람에게 도움이 될 수 있을지도 모 른단 거창한 명분이 생겼거든. 왜냐하면 사랑을 제대로 쓰는 일 의 좋은 선례로 남을 테니까. 더 이상 몹쓸 사랑을 사랑이라고 포장하는 일이 없게 말이지.

나는 속으로 '비비디 바비디 부!'를 나즉히 외운 뒤 조약돌 아 줌마에게 걸어가 말을 붙였어.

"저요, 부탁드릴 게 있어서요."

조약돌 아줌마와 난 단지 안에 단정하게 놓인 벤치에 앉았지. 이야기의 실마리를 어디부터 꺼내야 할지 몰라서 처음엔 '어, 그러 니까… 그게…' 하면서 뜸을 들였어. 정말 조심스러운 이야기니까.

 씁쓸한 사랑에 달콤한 해독제를

“그래. 아줌마 시간 많아. 그러니까, 천천히 편하게 말해.”

아줌마의 그 말에 일단 확신을 가졌지. ‘아! 내가 끝까지 이야기할 수 있겠구나’ 하는 확신 말이야. 누울 자리 보고 다리 뻗는다는 속담이 떠올랐어. 아줌마가 넉넉한 자리를 내줬으니 난 편하게 다리를 뻗을 수 있게 된 거지.

만약 아줌마가 재촉했다면 난 이야기보따리를 풀지도 못한 채 줄행랑을 놨을 거야. 문제 해결은 결과도 중요하지만 그 과정도 중요한 거니까. 수학 시험을 채점할 때 답만 보지 않고 문제 풀이 과정을 보는 것도 그런 이유 아닐까?

사실 마음을 내려놓을 자리가 없다면 그다음에 할 수 있는 건 아무것도 없거든. 난 다행히 아줌마가 내준 마음의 자리에 편하게 내 마음을 늘어놓고 나직한 목소리로 조목조목 풀어냈어. 도망치는 우리 아빠를 돌려세우게 도와달라고. 안으로만 굽는 할머니의 치우친 사랑에 우리 아빠가 또다시 굴복하는 상습범이 되지 않게 붙잡아 달라고. 온 가족이 벌이는 ‘음해극’의 처참한 말로는 어떤 식으로든 보고 싶지 않으니까.

얼마나 떨렸는지 몰라. 우리 집안에서 일어난 일을 집 밖으로 퍼 나르는 내부 고발자 역할을 하고 있었으니까. ‘과연 이게 잘하는 일일까?’ 하는 회의감이 왜 없었겠냐고. 하지만 누군가가 움직여 물길을 틀지 않으면 계속 같은 일이 반복될 거잖아. 악순환을 끊어 내야지. 그리고 지금 그 일을 할 수 있는 사람은 아줌마가 적임자야. 아줌마만이 아빠의 사랑을 지켜 낼 수 있을 테니까.

아줌마가 내 이야기를 끝까지 다 듣고 뱉은 첫마디는 "고맙네"였어. 알지? 진심이 묻어나는 말이 나올 때 흔히 하는 그 몸짓 있잖아. 어깨를 한 번 올렸다 내리면서 가슴을 짚었다 떼고 아줌마가 말을 더했어.

"어려운 일에 용기를 낸 해랑이도 정말 고맙고, 그 일을 나한테 도와달라고 해서 또 고마워. 네가 나를 믿고 도와달라고 하니까 나도 잘 해낼 수 있을 것만 같아. 아니, 잘 해내도록 애써 볼게."

그리고 나에게서 들은 이야기를 하나하나 되짚더라고.

"할머니가 그런 말씀을 하신 건… 옛날 어르신들은 그럴 수 있을 것 같아. 할머니가 사신 세상에선 통용되던 이야기라 시대적인 맥락으로 이해해 보면…"

사실 말도 안 되는 음해를 당했다는 사실에 아줌마는 기분이 나쁠 수도 있을 텐데 '시대적 맥락'으로 이해하면서 자기에게 씐 안 좋은 덫을 의연하게 벗어 내려놨잖아. 물론 속으로는 화가 났을 수도 있겠지만 화에 발목 잡히지 않고 신발에 붙은 모래를 털

듯이 탈탈 털어 낸 의연함, 그게 맘에 들었어.

아줌마는 내 손을 잡고 말했어.

"우리…. 같이 연구해 보자."

그 말을 듣는 순간 난 아줌마가 일을 덧들이지 않고 잘 해결해 줄 거란 믿음이 생겼어. 아빠처럼 도망치지 않고 원거리에서 바라보며 차분하게 분리수거하듯이, 바닥에 탈탈 털어 낸 구태의연한 잘못된 생각들을 차곡차곡 접어 갈무리하는 거지. 그렇게 이 난국을 잘 헤쳐 나갈 것 같다는 생각이 들더라.

그리고 '우리'라면서 나를 순식간에 같은 편으로 만든 것도 좋은 조짐으로 느껴졌어. 우리이기 때문에 서로 힘이 되어 줄 수 있는 거니까. 희망이 보이잖아. '연구'라는 어휘를 쓴 것도 미더웠고. 연구라는 건 본래 무데뽀로 덤비는 게 아니잖아. 그러니 분명 덧날 일이 없을 거야.

집으로 가는데 윤민이에게 메시지가 왔어.

> 내 편, 잘 도착한 거야?

내가 전에 내 편이 되어서 나를 지지해 달라고 한 적 있잖아. 그때 이후로 윤민이는 나를 종종 '내 편'이라고 부르거든?

이렇게 쓰고 속으로는 혼잣말을 했지. '근데 말이야. 방금 나에게 새로운 편이 생겼어'라고. 그간 내 감정의 이력으로 본다면 이 무슨 이율배반적인 일인가 싶겠지만, 뭐! 결국엔 우리 모두다 한편이 될 테니까 말이야.

그러고 보면 사랑은 상대를 선택하는 일이 아니라 나를 알게되는 일인 것 같아. 난 윤민이를 만나면서 이렇게 저렇게 내 마음의 평수가 넓어진 걸 느끼거든. 봐! 결국 우린 사랑을 제대로 쓰는 레시피를 얻었잖아. 배려 한 스푼에, 책임 한 스푼, 열정 한 스푼, 뭐 이런 식으로 잘 배합해서 잘 쓰는 법을 말이야.

학교에서도 '연애하고 사랑 레시피 만들어 오기'가 방학 숙제로 꼭 있어야 할 것 같아. 건강한 사랑 레시피에 최고점을 주는 걸로 하고. 이런저런 시행착오를 겪으면서 배우는 것도 많겠지? 이 세상에서 사랑을 제대로 쓸 줄 아는 법처럼 중요한 게 또 어딨겠어? 암튼, 난 강력 추천해!

밖에서 이런저런 소리가 들리기 시작했어. 난 아직도 누운 채시계를 못 봐서 잘은 모르지만, 추측건대 이 소리는 아침 7시쯤의 소리야. 미세한 아침의 진동이 가시고 이제 생활 소음들이 아침을 덧칠하는 거지. 집 밖을 나서는 사람들의 발소리, 자전거 바퀴 브레이크 잡는 소리, 아침 햇살에 나뭇잎들이 기지개 켜는 소리, 조잘대는 새소리, 바람이 오가며 내는 소리….

정말 다 들리냐고? 아침을 상상하면 다 들리게 되어 있거든. 음성 지원이 된다고. 아무래도 안 되겠어. 아침이 왔으니 슬슬 일어나서 뭐라도 해야겠단 생각이 드네.

새봄이 오면 농부는 밭을 갈고 씨를 뿌리잖아. 우리에게 아침은 새봄과도 같은 시간이니 나도 일어나 어제처럼 씨를 뿌려야지. 어제 뿌린 씨앗은 언제쯤엔가 싹을 틔우지 않겠어? 더러는 꽃이 피기도 하고 또 뭔가는 실한 열매가 되기도 할 거야. 그러니 부지런히 씨를 뿌리려고. 씨 뿌리는 사람은 내일을 믿고 기대하기 마련이거든.

우린 뭐든 해도 되는 나이잖아. 그러니 먼저 괜찮은 너를 상상해 봐. 보이고 들리고 느껴지는 게 있을 거야. 거기서부터 세상은 열리거든!

자! 일단, 아침이니 일어나자.

"우리… 건강한 사랑 레시피를 배워 볼까요?"

우리 인생을 흔히들 마라톤에 비유한다. 그렇다면 인생이란 장거리 마라톤을 달릴 때 우리를 버티게 하는 제일 큰 힘은 뭘까? '사람은 사랑으로 산다'는 대문호 톨스토이의 말을 굳이 빌리지 않아도 우리를 달릴 수 있게 하는 건 사랑이란 사실을 모르는 사람은 없을 것이다. 그런데도 우리는 존재의 근간을 이루는 이 사랑을 제대로 배워 본 적이 있던가?

사랑은 운명적인 거라 길을 돌다 우연히 마주치거나 혹은 바람에 실려 내 마음속으로 들어와 필연이란 이름으로 자리 잡는 추상적인 무엇이라고만 생각했다면 큰 오산이다. 사랑은 누구나 할 수 있지만 누구나 건강한 사랑을 할 수 있는 건 아니기 때문이다. 잘 심어진 씨앗을 적당량의 물과 양질의 햇빛 속에서 잘 가꿔야 건강한 묘목으로 자라듯 우리에게 온 사랑이란 씨앗도 잘 가꿔야 한다.

소설 속 화자 해랑이는 그걸 배웠다. 해랑이는 첫사랑 윤민이를 만나 사랑이 건네주는 달달함과 순도 높은 행복감에 마음도 웃자라고 영혼도 아름답게 살찌웠지만 그게 전부가 아님을 알고 '사랑을 제대로 쓰는 법'을 이야기한다. 사랑이란 이름을 빌려 이율배반을 일삼는 씁쓸한 사랑에 과감하게 해독제를 쓸 줄 아는 용기도 갖고.

그렇게 해랑이는 건강한 사랑을 만들기 위한 레시피를 터득해 간다. 넘치면 독이 될 수 있으니 덜어 내기도 하고, 더러는 퍼내어 써야 마르지 않는 샘물처럼 흔쾌히 보태기도 하고. 절절한 마음에 절대 손을 놓고 싶지 않지만 때론 놓아야 비로소 보이는 게 있으니까.

'첫사랑이 그게 되냐고?'

사랑은 '너'를 만나는 것이면서 동시에 '나'를 만들어 가는 과정이기 때문이다. 우리는 장거리 마라토너로서 멈춰서는 안 되고 계속 달려야 하니 그렇게 앞구르기 뒤구르기를 하면서 시간 속에 성장할 것이다.

달달하면서 당황스럽고 아프기도 한 해랑이의 '웃픈' 사랑 이야기를 들으면서 우리도 각자 우리만의 사랑 레시피를 한번 생각해 보자고요.

2026년 초입, 박하령

씁쓸한 사랑에 달콤한 해독제를

초판 인쇄 2026년 1월 16일 **초판 발행** 2026년 1월 16일

지은이 박하령

펴낸이 남영하 **편집** 강수아 조웅연 윤정빈 **디자인** 박규리 **마케팅** 김영호 박소현 **경영지원** 최선아

펴낸곳 ㈜씨드북 **주소** 03149 서울시 종로구 인사동7길 33 남도빌딩 3F **전화** 02) 739-1666 **팩스** 0303) 0947-4884

홈페이지 www.seedbook.co.kr **전자우편** seedbook009@naver.com **인스타그램** instagram.com/seedbook_publisher

ISBN 979-11-6051-746-0 (43810)